음악 단편

읽는 음악, 여섯 편의 리듬과 멜로디

현 진 현

음 악 단 편

창밖에서 들려오는
　　아이들의 웃음소리를 옮긴 것에 불과해요.

칸타타	p. 009
러브 수프림	p. 039
브람스레코드	p. 069
도 레 미	p. 097
브로큰 바이씨클	p. 125
글렌 굴드 이야기	p. 145
작가의 말	p. 175

17세기에 이탈리아의 모노디에서 생겨난, 아리아·레치타티보·중창·합창 등으로 이루어진 대규모 성악곡의 한 형식. 어원은 이탈리아어의 cantare(노래 부르다)이며, 기악곡 형식의 소나타에 대응하는 말이 된다. 가사와 내용에서 실내 칸타타(cantata da camera[이])와 교회 칸타타(cantata da chiesa[이])의 둘로 나누어진다. [중략] 독일의 칸타타: 칸타타라고 하는 말은 원래 실내 칸타타에 적합한 것이었으나, 18세기 초부터 겨우 독일 프로테스탄트 교회음악에도 전용하게 되었다. 따라서 시초는 독창용 칸타타이며, 18세기 전반까지의 칸타타는 거의 이탈리아의 영향을 강하게 받은 레치타티보와 아리아의 연장에 불과한 의미밖에 없었다. 그러나 드디어 성서 중의 격언을 가사에 넣기도 하고, 성서 구절의 이해를 돕기 위하여 해설적인 서정시를 삽입하기도 하는 형태가 행해졌고, 이것들은 교회력이 있는 특정한 축제일이나 일요일의 예배용 음악으로서 즐겨 쓰였다. [중략] 바흐가 남긴 200곡이나 되는 교회 칸타타는 형식 내용이 모두 극히 풍부하여, 여러 가지 악기 편성에다 독창·중창·합창이 잘 짜여 있다. 폴리포닉하게 구성된 합창에서 시작되어, 레치타티보와 다카포 아리아의 부분이 몇 대목인가 이어진 뒤, 합창으로 끝나는 다부분(多部分) 형식이 흔히 보인다. 콘체르타토 양식도 널리 활용되고, 때로는 이탈리아 오페라와 기악곡의 영향이 보이기도 하며, 때로는 음화적(音畵的)인 수법도 쓰이고 있다. 바흐 이외에도 북스테후데·텔레만 등에 많은 교회 칸타타가 있으며, 그 뒤에도 많은 프로테스탄트 작곡가가 칸타타를 작곡하고 있으나, 대다수는 특별한 기회를 위하여 작곡된 것으로, 차츰 오라토리오로 흘러들어 간다. [출처: 음악대사전, 세광출판사(1996)]

칸타타

하나님은 아주 좋은 마음을 선물하시도다.
성도들은 이 작은 은혜에서 큰 기쁨을 누리도다.
그렇도다.
그가 또한 죽음의 긴 고난의 길로 이끄시더라도
마지막에는 반드시 좋은 것을 주시도다.
하나님께서 하신 일은 참 잘하신 것이라
나는 지금 내 헛된 망상으로 쓴 잔을 맛보아야 하지만
결코 놀라지 않을 것이라
왜냐하면 주의 달콤한 위로로
내 마음이 기뻐할 것이기에
여기서 모든 고통이 사라지리라.

- 바흐 교회 칸타타 75번 (BWV 75)

* * *

해가 지고 있었다. 먼 서쪽으로부터 내가 선 옥상까지 길고도 넓은 석양이 드리웠다. 한여름이라곤 하지만 평소보다 더 느지막이 내려앉고 있는 것 같았다. 그날따라 빨래를 걷는 내 움직임까지 느긋해졌다. 깡마른 빨래들을 하나둘씩 걷어 내려 왼 팔뚝에 걸쳤다. 낡고 닳은 거무튀튀한 아버지의 작업복이 그중 묵직했다. 누렇게 색이 변한 엄마의 속옷들이며 빛이 바랜 내 청바지도 걷어 내렸다. 해가 잘 드는 맨 바깥 줄에 걸어 두었던 오빠의 하얀 셔츠들에는 아직 한낮의 온기가 남아 있었다. 셔츠들은 곧 다려야 할 참이었다. 조금이라도 구겨진 오빠의 셔츠며 바지는 엄마가 못마땅 해 했다.

엄마는 해가 지기 전에 들어와 풋내 나는 배추를 욱여 넣고 국을 끓이고 있었다. 얼큰한 배춧국 냄새가 빨래를 걷고 있는 옥상에까지 올라왔다. 오빠는 매운 국을 좋아했다. 별나게 하얀 얼굴을 가진 오빠와는 그다지 어울리지 않지만 엄마는 오빠의 그런 식성을 내켜했다. 아버지 식성도 그런 줄은 나중에 알았다. 그 시절 아버지는 별다른 말없이 국을 삼키곤 했으니까.

빨래를 다 걷고 나니 기분이 묘해졌다. 걷은 빨래를 평상 위에 내려놓고 다시 서쪽 하늘을 쳐다보았다. 하늘 아래 먼 도시는, 석양에 온갖 조명들이 어우러져 들꽃이 흐드러진 산처럼 보였다. 동네 가까이 움푹 팬 낮은 지대 주택가에는 생채기의 표식인 양 붉은 십자가들이 어지럽게 박혀 있었다. 무슨 십자가가 저리 많담. 십자가들은 익숙하면서도 낯설었다. 삐쭉한 것도 있고 가로가 확연히 짧은 것도 있었다. 색깔도 조금씩 달랐고, 번쩍이는 것도 있었다. 오빠가 밤마다 듣는 그 음악이, 십자가들과 겹쳐졌다. 오빠는 성가 같은 노래들을 늦은 밤까지 들었다. 오빠는 그 음악을 '칸타타'라고 부른다고 말했다. 칸타타 칸타타 하고, 오랜만에 중얼거리며 나는 평상에 앉았다.

평상을 마당으로 들이던 날, 엄마와 아버지 나 셋이 마루에 나란히 앉아 오빠가 학교에서 돌아오기를 기다려 평상 위에서 고기를 구워 먹었다. 신문지에 둘둘 말린 채 핏기가 어린 돼지고기였지만 그때만큼 맛있게 먹은 적도 잘 없었다. 살코기는 대부분 오빠 차지였지만 오빠는 한 점 두 점 내게 미뤄주었다. 엄마는 오빠의 먹는 모습을 보는 것만으로 배가 불렀고, 아버지는 돼지

기름을 내려받아 허옇게 굳도록 식혀뒀다가 뜨거운 밥을 비벼 먹었다.

옥상으로 옮겨 온 낡은 평상에 앉아 있으려니 엄마가 소리를 지르듯 물어왔다.

"네 오빠는 아직이니?"

나는 나도 모르게 대답을 하지 않았고, 듣지 못한 척하며 계단을 내려왔다.

"전화 좀 넣어뵈, 저녁도 안 먹고 아직 사무실인가 보다."

아들과 텔레파시라도 통하는지 엄마는 확신에 차서 빠르게 말했다. 빨래를 내려놓고서 마루끝에 걸터앉아 오빠의 휴대전화 번호를 꾹꾹 눌렀다. 마지막 숫자를 눌렀을 때쯤 오빠는 반쯤 열린 대문을 툭 밀치며 마당으로 들어섰다. 나는 멍하니 오빠를 쳐다봤다. 그제야 오빠의 주머니로부터 흔해빠진 벨소리가 울려 나왔.

오빠의 한쪽 손에는 작고 낡은 서류가방이 들려있었고, 일주일에 서너 번은 그랬듯 다른 한 손에는 레코드가 들어있을 것이 뻔한 널찍한 비닐봉지가 들려있었다. 그날따라 비닐봉지가 가벼워 보였다. 그래서였을까, 오빠가 들어선 마당이 그다지 좁아 뵈지 않았다. 마당은 평소, 오빠가 드러누우면 꽉 차지 않을까 싶을 정도로 좁게 느껴지곤 했다.

멈춰 선 오빠는 부엌으로 눈을 돌렸다. 오빠는 부엌에서 내다보는 엄마에게 눈으로 인사를 했다. 레코드를 사오는 날이면 그래 왔듯 오빠는 미안한 표정에 얼굴빛은 약간 상기되어 있었다. 그쯤이면 아무렇지 않을 법도 했지만 오빠는 그러질 못했다. 자기 방으로 들어가다 방문 앞에서 잠시 멈칫한 오빠는 힐끗 나를 돌아본 뒤 곧장 방문을 열고 들어갔다. 나는 댓돌 위에 덩그러니 놓인 오빠의 남루한 구두를 한참 쳐다봤다. 구두는 서로 토라지듯 브이자로 흩어져 있었다.

낮에 있었던 공장에서의 일이 생각났다. 좁은 공간에서 봉제인형을 만드는 나는, 늘 먼지를 들이마셨다. 거기에 여름더위까지 더해지면 두통이 생겼고, 찬바람이 불 때까지 내내 두통을 달고 미싱을 돌렸다. 작업장에는 벽에 달려있는 선풍기 두 대가 다였다. 직원이 모두 열한 명이니까 대략 다섯 명당 한 대 꼴이었다. 에어컨은 공장장의 방에만 있었다. 공장장의 방은 출입문이 휴게실의 출입문과 나란히 붙어 있었고, 다행인지 모르겠지만 두 방의 경계는 간단한 가림막이어서 휴게실에는 공장장의 방에서 넘어오는 냉기가 있었다. 그렇다고 해서 틈날 때마다 휴게실로 가서 더위를 식히기엔 눈치가 보였다. 물이라도 얼른 마시고 나오기 일쑤였다.

그날따라 오전부터 더위를 타던 내가 물을 마시기 위해 휴게실로 들어가 문을 닫으려는데 나를 부르는 소리가 들렸다. 공장장이었다. 공장장은 휴게실 너머 자신의 방 소파에 앉아 뒤를 돌아보고 있었다.

"너희 오빤 요즘도 잘 나가냐? 동창회도 안 나오고 영 얼굴 볼 날이 없다야."

공장장은 오빠와 중학교 동기동창이었다. 오빠는 공장장 얘기를 한 번도 꺼낸 적이 없지만 공장장은 때때로 오빠에 대한 이야기를 하거나 오빠의 동정을 물었다.

"오빠는 에어컨 술술 나오는 방에서 계산기나 두드리며 근무하지?"

공장장은 마치, 자기 방에만 에어컨이 있다는 것을 잊어버린 양 오빠를 빗대 말했다.

"오빠한테 시집보내달라고 해. 참, 너희 오빠도 아직 장가 안 갔지?"

나는 냉장고에서 물을 꺼냈다. 그리고 공장장에

게 등을 돌린 채 물을 따랐다. 계산기를 두드리는 오빠라... 배가 고파도 밥상을 차려주지 않으면 먹는 것조차 포기해 버리는 오빠가 계산기를 두드린다고? 쪼잔하게 그 작은 버튼들을? 하긴 오빠는 밥상을 차려주지 않아도 언짢아하지 않았다. '밥 차려줘?'하고 물으면 오빠는 '난 밥 따위에 연연하는 사람이 아니야'라고 말하는 듯한 표정을 짓곤 했다. 밥도 귀찮아하는 사람이 손가락에 침을 묻혀가며 서류를 뒤적이고 계산기를 두드리다니, 언뜻 떠올리기 쉽지 않았다.

오빠는 저녁을 뜨는 둥 마는 둥 하고 나서 양치질을 했다. 양치질을 끝낸 오빠는 언제나 그랬듯 곧장 자기 방으로 다시 들어갔다. 엄마는 오빠의 등을 조심스럽게 쳐다봤다. 오빠의 등은 오빠가 좋아하는 레코드의 재킷처럼 네모나고 널찍했다. 무어 그리 잘난 아들이라고 그리 조심스러울까, 엄마를 이해하기 어려웠다. 그래도 엄마는 못내, 오빠가 대견스러웠던지 숟가락으로 배춧국을 떠올리다 말고 닫혀있는 오빠의 방을 한참 바라보았다.

지난 주말 오빠는 끝내 맞선 자리에 나가지 않았다.

오빠는 무심했고, 엄마는 오빠를 나무랐다. 오빠에게 직접은 아니었지만 엄마가 오빠를 상대로 화를 내는 모습은 놀라웠다. 하지만 그날 저녁 엄마는 시래깃국을 얼큰하게 끓이며 퇴근하는 오빠를 지그시 기다렸다.

엄마는 근 며칠 동안을 침이 마르도록 맞선 자리에 나올 여자를 칭찬했다. 여자는 돈이 많은 집의 외동딸이었다. 여자의 아버지는 인근에서 소문난, 흔히들 말하는 부동산 졸부였다. 인물이 그만하면 썩 괜찮다고 엄마는 몇 번을 얘기했지만 오빠의 피부보다 더 끼만 피부 하며 오빠의 어깨에도 못 미칠 작은 키를 나는 알고 있었다. 동네 저 아래에 주유소를 차린 여자의 아버지가 외동딸을 주유소에 데려다 주는 것을 지난 겨울부터 종종 보았다.

그 주유소는 '미선 주유소'였는데 '미선'이 그 여자의 이름이었다. 주유소에서 일하는 직원들이 여자를 소장으로 불렀다. 내가 보기에 여자는 그다지 일을 좋아하지 않는 눈치였다. 그러다 올해 봄부터는 여자의 모습을 볼 수 없었다.

그 여자가 어떤 여자인지와는 별개로 오빠가 과연 엄마의 청을 거절할 자격이 있을까, 하는 것도 내 관심이었다. 그 집에서 먼저 오빠를 탐냈는지, 엄마가 그 집으로 하여금 오빠를 탐내게 만들었는지 몰랐지만 오빠의 맞선은 주선까지만 성공이었다. 오빠 특유의 무심함을 보고 있으면, 엄마나 아버지에겐 오빠에게 무엇인가를 요구할 자격이 애초부터 없었던 건 아닐까 하는 생각이 들 정도였다.

오빠는 우리나라에서 최고 좋은 명문대를, 그것도 수재들만 들어간다는 법대를 다녔다. 법대를 나왔으니 누구든 탐을 낼만 했다. 물론 아닐지도 몰랐다. 우리집이라 해봐야 오빠밖에 내세울 게 없었고, 오빠라고 해봐야 학벌 밖에 없었으니 말이다.

오빠는 그 대학의 법대생 중 절반이 합격한다는 시험에 최종 불합격했다. 2학년 때던가 3학년 때던가 오빠는 고시 1차 시험에 합격했다. 결과가 나오던 날 아버지는 기분이 얼마나 좋았던지 들고 있던 미장 도구를 던져버리고 집으로 달려 들어왔다. 엄마는, 소식을 듣고서도 파출부 일을 다 끝내고서야 집으로 돌아왔다. 엄마의 표정은 달콤했다. 그 표정으로 아들을 바라봤다. 아들은 의연한 어깨로 엄마의 미소에 답했다. 그로부터 꼬박 7년 동안 오빠는 아무런 시험에도 합격하지 못했다.

    오빠는 담담했다. 실패가 거듭되던 그 어려운 시절을 오빠가 어떻게 보냈는지, 오빠의 표정을 보아서는 알 수 없었다. 마지막 시험을 실패했을 때조차 오빠는 그저 다른 시험을 쳐보겠다고 말했을 뿐이었다. 엄마와 아버지는 오빠 같은 수재가 어떻게 시험에 붙지 않을 수 있을까 궁금해했고, 담담해지려고 노력했다. 하지만 해가 바뀔수록 오빠처럼 의연해질 수 없는 것만큼은 분명해 보였다.

* * *

    오빠는 결국, 고시를 포기하고 기업에 취직을 했다. 오빠가 첫 출근을 하던 날은 기억나지 않지만 첫 월급을 받던 날은 지금도 또렷하다.

    그날, 오빠는 큼직한 박스를 몇 개나 들고 힘겹게 집 마당으로 들어섰다. 가까스로 박스를 든 오빠 뒤로, 역시 박스를 든 택시기사가 뒤따랐다. 오빠와 택시기사는 대문간 안으로 그 박스들을 부려놓고서는 다시 계단들을 밟아 골목길을 내려갔다. 그리고 얼마 뒤 그들은 같은 모양으로 또 다른 박스를 대문 안으로 들여놓았다. 엄마와 아버지, 그리고 나는 그 모습들을 마당에 서서 지켜보았다. 오빠는 겸연쩍게 웃더니 그 박스들을 하나 둘 자신의 방으로 옮겨갔다. 모두 예닐곱 덩이였다. 그 박스들은 엄마나 아버지를 위한 선물이 아니었다. 내게 줄 선물도 물론 아니었다.

"그게 뭐니?"

엄마가 박스를 가리키며 묻자 오빠는 우물쭈물했다. 그러더니 뜸을 들였다 말했다.

"……아무것도 아니에요."

오빠는 남은 박스를 방으로 들여갔다. 방으로 들어간 오빠는 방문도 닫지 않고 박스를 열어 내용물을 꺼내기 시작했다.

내용물을 꺼낸 빈 박스가 마당으로 던져질 때까지도 나는, 빨간 내복 같은 첫 월급에 대한 뻔한 기대를 버릴 수 없었다. 하지만 오빠가 박스에서 꺼낸 것은 기계 덩이들뿐이었고 마당으로 내던져진 박스에는 기계를 감쌌던 포장지 외에는 아무것도 들어있지 않았다.

우리는 마당에 선 채로 얼마간 오빠의 하는 양을 지

켜보았다. 하지만 아버지는 곧 안방으로 들어가 버렸고, 엄마와 나는 기웃거리며 오빠의 방안을 들여다 보았다. 오빠가 박스에서 꺼낸 것은 정녕코 몇 덩이의 기계 뭉치와 두 덩이의 큼직한 나무통뿐이었다. 그것이 오디오이고 스피커인 줄은 나중에 알았다. 내가 내 방으로 들어가 버렸을 때에도 엄마는 여전히 걱정스러운 얼굴로 오빠를 바라보며 마당에 서 있었다.

나도 오빠의 첫 월급날을 손꼽아 기다렸었다. 당연하게도, 첫 월급으로 사 올 선물을 기다린 게 아니었다. 내가 기다렸던 엄마와 아버지의 내복은, 선물이라기 보다 우리 가족이 곧 행복해질 거라는 희망의 증표였다. 하지만 오빠의 안중에는, 어머니 아버지의 바람도 나의 기대도 들어갈 틈이 없었다. 첫 월급날의 풍경이 암시했듯 그날 이후 3년 동안, 오빠의 일상은 가족의 기대와 어긋나 있었다.

엄마마저 안방으로 들어가버린 후에도 나는 슬그머니 오빠를 지켜보았다. 오디오란 것에도 눈길이 갔다. 기계치고는 얼마나 예뻤던지 팽개쳐진 박스도 멋지고 대단해 보였다. 모서리가 둥그스름한 나무통은 결이 참

고왔다. 그리고 기계와 함께 어우러진 큼직한 나무판도 멋있었다. 나무판 위에 작은 은색 판이 하나 놓이고 그 위에 전구처럼 생긴 대여섯 개의 진공관이 꽂혀 있었다. 진공관이란 것도 나중에 안 것이지만 그날 밤 나는 진공관에서 가녀리고 예쁜 불빛이 나온다는 것도 알게 되었다.

오빠의 방 안에는 복잡하게 얽힌 선들이 늘어지게 깔렸다가 제자리를 찾아갔다. 앰프라 불리는 두 덩이는 오빠의 책상 왼쪽에 나란히 놓였고 앰프 옆에 레코드를 작동시키는 턴테이블이란 것이 곱상하게 앉혀졌다. 그리고 스피커 중 하나는 책상 오른쪽으로, 나머지 하나는 얼마간의 고민 끝에 반대편 구석으로 들어갔다.

오빠는 방바닥을 손으로 대충 쓸고 나서 손을 털면서 일어섰다. 그리고는 다시 허리를 숙여 법전들이 꽂힌 책꽂이의 맨 아래 칸에서 레코드 한 장을 꺼냈다. 그 레코드는 오빠가 벌써부터 구해둔 모양이었다. 레코드 재킷에는 소녀천사의 옆모습이 그려져 있었다. 천사는 하늘을 바라보듯 재킷의 모서리를 바라보고 있었다. 오빠는 레코드재킷을 감싸고 있던 비닐을 뜯어냈다. 그리고는 재킷에서 하얀 종이봉투를 꺼냈고, 봉투에서 다시 까만색 레코드를 꺼냈다. 오빠는 레코드를 들고 무릎을 꿇은 채 턴테이블로 다가갔다. 오빠의 목뒷덜미에서는 땀이 흐르고 있었고 무거운 것들을 들고 날랐던 팔뚝은 가늘게 떨리고 있었다. 마침내 오빠는 레코드를 턴테이블 위에 올려놓았다. 오빠가 턴테이블을 작동시키자 레코드는 회전하기 시작했고 오빠는 바늘이 달린 작은 뭉치를 조심스럽게 레코드 위에 올려놓았다. 오빠의 움직임은 오디오를 설치할 때보다 더 느려진 것 같았다. 오빠의 방은 곧 시간이 정지할 공간처럼 느껴졌다.

해는 질 듯 말 듯했다. 빛들은 뻑뻑한 공기를 뚫고 마당을 비췄다. 마당 한켠 오빠의 방에서 시작된 조그마한 소리가 마당을 비추는 빛과 어우러져 무언지 모를 투명하고도 큰 음향을 만들어내기 시작했다. 악기들의 소리 속에서 높고 높은 목소리가 곱게 뽑혀 나왔다. 누에고치에서 명주실이 뽑혀 나오듯 말이다. '아 좋다' 하고, 나는 나도 모르게 중얼거렸다. 공기가 맑아지는 것만 같았으니까.

오빠는 음악이 끝나자 바늘 뭉치를 본래의 자리로 되놀려놓고서는 레코드를 뒤집었다. 그리고는 무릎걸음으로 다가와 자기 방의 방문을 닫으려 했다. 그 순간 오빠의 눈빛은 행복에 겨워하는 것 같기도 했고 난감해하는 것 같기도 했다. 그날 이후 나는 몇 번이고 오빠의 그 눈빛을 마주쳐야 했다.

그날 시작된 칸타타는 계절이 열두 번 바뀌는 동안 지속되었다.

*　*　*

나는 구립도서관에 가서 오빠가 듣기 시작한 칸타타가 무엇인지 찾아보기도 했다. 오빠에 대한 관심이라기 보다는, 오빠로 하여금 자신을 위해 긴 세월 뒷바라지를 해 온 엄마와 아버지를 외면하게 만든 칸타타가 대체 무엇인지 알고 싶었다.

내가 찾아본 바에 의하면 칸타타는 '요한 세바스찬 바흐(Johann Sebastian Bach)'가 작곡한 기악반주가 있는 성악곡으로, 무려 200곡이 넘었다. 하지만 오빠는 5천 장 가까운 레코드를 사들였다. 오빠 방의 두 벽 전체를 차지했던 그 레코드들이 지금은 없으니 확인할 길이 없지만 칸타타 음반이 아닌 것들도 많았을 것 같다. 그래도 오빠가 들은 음악들은 모두 칸타타였다. 매일 밤 그 음악들은 하나 같이 비슷했으니 말이다.

오빠는 한결같았다. 오디오를 들여놓은 그다음 날부터 하루 걸러 한 번씩은 레코드가 든 봉지를 손에 들고 퇴근했고, 늦은 밤까지 어떤 날은 동이 틀 때까지 칸타타를 들었다. 처음에는 구경거리였고, 나중에는 지겹고도 싫어졌다.

오빠가 생활비로 내놓는 돈은 보잘것 없었다. 월급의 대부분을 오디오와 레코드를 사는 데 써 버렸기 때문이었다. 엄마는 그런 오빠에게 별다른 내색을 하지 않았다. 엄마는 가끔, 완곡하게 섭섭해 했다.

"쟤가 예배당 나가려나 부다."

내게는 200곡의 칸타타보다, 긴 시간 아들의 이상한 의식을 참아내는 엄마와 아버지가 훨씬 더 대단해 보였다. 하지만 주구장창 레코드만 사다 나르는 오빠도 오빠지만, 그런 오빠를 나무라지 않는 엄마와 아버지를 나는 도무지 이해할 수 없었다. 엄마가 화를 낸 적이 있기는 있었다. 그날도 퇴근길 오빠의 손에는 묵직한 비닐봉지가 들려있었다.

"언제까지 그럴 거니?"

엄마가 떨리는 목소리로 외치듯 말했을 때 오빠는

물론 아버지와 나, 말을 뱉어낸 엄마까지 깜짝 놀랐다. 그때껏 엄마를 지탱해 왔던 것은 다름 아닌 오빠에 대한 믿음이었다. 그 믿음을 의심하는 순간이 올 줄은 우리 가족 누구도 예상치 못했다. 엄마는, '언제까지 칸타타만 들을 거니?'라고 물을 수도 없었다. 집안의 기둥이 되고 바깥에서도 장대해져야 할 아들이 빠져든 그 무엇을 꼭 집어 지칭하기가 두려워서였다.

  오빠는 평소보다 느린 속도로 방문을 닫았다.

  엄마는 여전히 파출부일을 나갔고 아버지는 새벽마다 막일을 나섰다. 엄마와 아버지는 지쳐갔고, 지긋지긋한 일상이 고스란히 얼굴에 새겨졌다. 나 역시 공장을 전전하고 집으로 돌아와 오빠의 셔츠를 다렸다. 마치 생래적인 의무인 양, 오빠의 칸타타는 계속됐다. 오빠는 엄마와 아버지의 지친 모습을 보지 못했을까? 하기는, 오빠의 얼굴에는 늘, 미안한 기색이 있었다.

  '무슨 돈을 그렇게 잘 쓰는지, …쯧' 하는 정도로, 아버지도 오빠를 나무란 적이 있었다. 하지만 두 해를 넘겨 오빠가 칸타타에 더 열중하자 아버지는 입을 다물어 버렸다.

지긋지긋했다. 엄마는 엄마대로 아버지는 아버지대로 나는 나대로 그랬다. 그 즈음의 어느 날 마당에서 빨래를 하던 나는, 대문을 열고 들어오는 오빠를 보며 중얼거렸다.

"오빠 좀 이상해. ……아니, 아주 이상해."

오빠는 정말 이상했으니까, 나도 모르게 혼잣말을 했다. 그런데 아버지의 반응도 이상했다.

"오빠한테 누슨 말버릇이야!"

아버지의 목소리는 칸타타의 코랄을 부르는 성가대만큼이나 우렁찼다.

***

누군들 짐작조차 할 수 있을까. 멀쩡한 한 남자가 어느 날부터 갑자기 종교음악(나는 그 당시, 바흐가 교회 칸타타만 작곡했다고 알고 있었다.)을 듣기 시작해 세 해 동안 단 하루도 멈추지 않았다는 것을.

도대체 오빠에게 바흐는 무엇이고 칸타타는 무엇이었을까. 오빠는 왜 바흐의 칸타타를 그토록 오랫동안, 또 열심히 들었을까. 언젠가 용기를 내어 오빠에게 물어본 일이 있었는데 정작 오빠는 미안함이 가득한 표정으로 씩 웃기만 했다. 오빠는 칸타타를 듣는 이유에 대해 그 어떤 말도 입 밖으로 꺼낸 적이 없었다. 오빠가 칸타타 듣기를 그만둔 후에는, 엄마도 아버지도 나도 칸타타에 대해서 아무런 말도 꺼내지 않았다. 과거의 상처와 미래에 대한 두려움이 떠오를 것 같았서였다. 이런저런 까닭으로 우리 가족은 칸타타에 대한 오빠의 이야기를 아직 들어보지 못했다.

오빠는 정말 왜 그래야만 했을까. 지금에야 몇 가지를 짐작해보기는 한다. 그것으로 오빠의 기이한 3년을 설명해 낼 수는 없을 것 같지만.

오빠는 어릴 때부터 책 읽기를 좋아했다. 아버지는 소중한 추억을 드러내 보이듯 조심스럽게 딱 한 번, 오빠의 어릴 적 에피소드를 들려준 적이 있었다.

"일요일 새벽이었다……"

주말이었지만 아버지는 일을 나가기 위해 새벽에 일어났다. 어둑한 마당으로 나서던 아버지는 왠지 모르게 오빠의 방을 들여다보고 싶었다. 오빠의 방 여닫이문을 숨죽여 열었을 때 아버지는, 일곱 살짜리 오빠의 등을 보았다. 오빠는 방바닥에 앉아 미동조차 없이 책을 읽고 있었다. 빛이라고는 어슴푸레 밝아와 겨우 흑과 백을 구분할 수 있을 정도의 양 밖에 없는 시간에 오빠는, '이야기책'을 읽고 있었다. 게다가 오빠는 아버지가 세 번이나 부를 때까지 책에서 깨어나지 못했다. 네 번째 불렀을 때 오빠는 아버지를 돌아봤다. 불 켜고 읽어라. 아버지는 그 말 밖에 할 수 없었다고 했다. 이 대견한 아들에게 책을 사주지도 책상을 사주지도 못해 안타까웠다. 방으로 들어가 형광등을 켜주고 아버지는 뛰다시피 일터로 향했다.

오빠는 자라면서 책으로 한두 번 더 아버지를 놀라게 했다. 나 또한 언제인가 오빠가 책에 빠져들어 등교 시간까지 잊어버렸던 걸 어렴풋이 기억한다. 아버지는 오빠의 독서에 감탄을 했던 모양이지만 나는 오빠의 특별한 집중력이 새롭고도 생소한 세계에 자신을 가감 없이 빠트리고야 마는 모종의 자기희생이 아닐까 생각했다. 그렇지만 무엇인가에 무저항적으로 빠져들었다는 것만으로 오빠의 칸타타를 설명해 내기는 어렵다. 오빠의 어릴 적 독서는 가족에게 기쁨을 주는 행동이기도 했으니까 말이다.

오빠의 방을 청소하면서 본 메모도 기억에 남아있다. 오빠가 한참 칸타타에 빠져있을 때였다. 오빠는 밤 늦게까지 칸타타를 듣다 잠이 들었던 듯했다. 오빠의 책상 위에는 메모가 적힌 16절지 한 장이 있었고, 메모 옆으로 대학 입학을 기념해 아버지가 선물한 만년필이 뚜껑이 열린 채 놓여있었다. 오빠의 메모는 단 한 줄이었고, 물음이었다.

'죽음만큼 중대하고 실질적인 문제가 또 어디에 있습니까?'

또박또박 써 놓은 글씨가 유난히 진지하게 느껴졌다. 오빠는 죽음의 문제에 빠졌던 것일까? 칸타타는 종교음악이고 종교란 죽음을 다루는 것이니까. 내가 오빠의 메모를 읽고나서 그런 의문에까지 이른 것은 그로부터 훗날의 일이다. 그럼에도 불구하고 가족들은 이미 알고 있었다. 오빠가 죽음의 문제에 집착했을 사람은 아니라는 것을. 오빠는 칸타타의 가사를 해석하기 위해 독일어 성경과 독일어 사전을 책상 한켠에 놓아두기는 했지만 오빠가 기도를 한다든가 하는 모습은 단 한 번도 볼 수 없었다. 결정적으로 오빠의 표정은 죽음을 고민하는 사람의 것이 아니었다. 칸타타를 들을 때의 오빠는 감격해 참지 못하는 사람처럼 보이기도 했지만 칸타타를 듣지 않을 때에는 묵묵했을 따름이었다. 그러니 그 글귀란 그저 다른 누군가의 말을 옮겨 적었을 뿐이라는 가정이 타당했다.

오빠가 칸타타에 빠져든 원인은 우선, 칸타타가 그저 너무도 좋았기 때문일 것이다. 다른 이유도 있었을 테지만 오빠로부터 직접 듣지 않고서는 도무지 알 수가 없다. 돌이켜 보면, 대체 어떤 이유가 더 있었을까 싶기도 하다.

* * *

오빠의 방에서 칸타타가 처음 흘러나온 후로 세 해가 지난 어느 일요일 오전이었다. 아침부터 마당을 건너 내 방까지 들려오던 칸타타가 갑자기 멈췄다. 오후에도 오빠의 방에서는 아무런 음악도 흘러나오지 않았다.

저녁 무렵에야 오빠는 브이자로 펼쳐진 구두를 돌려 신고 마당으로 걸어 나왔다. 대문 옆 화장실로 가는가 싶었지만 오빠는 내게로 걸어왔다. 더운 기운에 그때껏 마루에 앉아있던 나는 오빠의 얼굴을 올려다보았다. 몇 초간 가만히, 오빠는 나를 내려다보며 서 있었다. 그러더니 나에게 무엇인가를 내밀었다. 그게 뒤춤에서 나왔는지 오빠의 바지 주머니에서 나왔는지 얼른 분간이 되지 않았다. 그간 오빠에게 뭔가를 받아본 적이 없었기 때문인지 나는 쉽게 손을 내밀지 못했다. 하지만 곧, 오빠가 들고 있는 것들의 부담이 느껴져 오빠가 내민 것을 받았다. 통장과 도장이었다. 손 안에서 이 물감이 느껴졌다.

"이제 다 들어봤다. 됐다."

무슨 말인지 나는 바로 알아듣지 못했다. 무엇이 됐다는 것인지 명쾌하지 않았지만 통장을 만지는 내 손의 감각은 금세 편안해졌다. 통장에 인쇄된 오빠의 이름이 무척 반가웠다. 나는 고개를 들어 오빠의 얼굴을 다시 쳐다봤다. 오빠는 빙긋이 웃고 있었다. 오빠는 돌아서서 오빠의 방으로 돌아갔다. 오빠가 방으로 돌아갔지만 칸타타는 흘러나오지 않았다.

며칠 뒤, 오빠는 칸타타를 들려주던 오디오를 내다 팔았다. 오디오가 처음 들어오던 날처럼 누군가가 와서 오빠와 함께 오디오를 내갔다. 연결된 선들이 하나하나

해체되고 오디오는 방바닥에 덩그러니 놓였다가 하나씩 둘씩 들어오던 때처럼 집 밖으로 나갔다. 오디오를 내간 오빠는 한참 뒤에야 집으로 돌아왔다. 그리고 오디오를 팔고 받은 지폐 다발을 내 손에 쥐어주었다. '예쁜 옷 사 입어!'라고 오빠가 말했는데 나는 그 말이 너무 낯설어서 웃지도 울지도 못했다.

당장 오빠의 통장에는 돈이 별로 남아있지 않았다. 하지만 다음 달부터 오빠의 월급은 꼬박꼬박 통장으로 들어왔다. 몇 달째 오빠가 칸타타를 듣지 않자 엄마와 아버지의 얼굴이 편안해졌고, 우리 가족은 일상에 대한 희망을 되찾기 시작했다.

그즈음부터 오빠는 저녁마다 내 앞으로 걸어와 이것저것 묻기 시작했다. '네가 하고 싶은 일은 무엇이니?', '아버지는 내게 무엇을 기대하시는 것 같으냐?' 하는 것들이었다. 오빠는 어린 시절 그랬던 것처럼 내게 다정하게 굴었다.

오빠는 퇴근해서 아버지의 팔과 다리를 주무르고 엄마 대신 된장국을 끓이기도 했다. 아버지는 오랜만에 미소를 보여주었고, 된장국은 그다지 훌륭한 맛이 아니었지만 엄마는 기뻐했다. 또, 오빠는 엄마의 소원대로 맞선을 보러 다녔다.

시간이 지나면서 우리 가족은 오빠에 대한 믿음을 완전히 회복했다. 그 믿음은 마침내 십여 년 전 고시 1차 시험에 합격하던 때의 오빠에 대한 믿음을 넘어섰다. 오빠는 집안의 기둥답게 든든하게 우리를 지탱하기 시작했다.

월급 말고 어디서 돈이 생기기라도 하는 날이면, 오빠는 아버지의 양복이나 셔츠를 사들고 들어오기도 했고 엄마를 위해 돌침대를 들이기도 했으며 나를 위해 머리핀을 사 오기도 했다. 지금 생각해보면 레코드를 내다 팔아 생긴 돈이 아니었을까 싶다. 오빠 방의 한쪽 벽을 채우고도 남았던, 터무니없이 많았던 그 칸타타들은 지금 어디에 있을까 궁금하다. 지금도 누군가를 위해 조화로운 성가를 들려주고 있겠지.

* * *

오빠가 칸타타를 듣지 않게 된 그해, 나는 오빠 손에 이끌려 방송통신대학에 입학했다. 늦깎이이긴 했지만 어릴 적 꿈대로 나는 국문학도가 되었다. 오빠는 내가 하던 공장일을 그만두게 했고 오빠의 친구가 사장으로 있는 작은 무역회사에 취직 시켜주었다.

나는 첫 학기 기말시험에서 지금의 남편을 만났다. 오빠는 내 남편이 될 사람을 만나서 몇 번이고 술을 마셨다. 그리고는 나를 먼저 시집보내고 이듬해 봄에 엄마가 짝을 지워준 작고 예쁜 여자와 결혼을 했다. 오빠가 결혼을 하면서 우리는 이사를 했다. 우리 가족의 새 집은 남향의 빛 바른 곳에 터를 잡은 깨끗한 집이었다. 오빠가 어떻게 이 예쁜 집을 구했는지 지금도 모른다. 내 남편까지 우리 식구 모두는 지금도 오빠를 자랑스러워하며 여기에서 살고 있다.

이사하고서 몇 해는 오빠네 식구도 함께 살았다. 그 시간들이 넘치게 행복해서 지금도 아득하다. 오빠는 캐나다로 장기 파견 근무를 가게 되었고 올케 언니와 조카도 몇 달 지나지 않아 캐나다로 건너갔다. 먼 나라에서 날아오는 오빠의 목소리는 항상 포근했고, 그것을 듣는 우리 식구들은 오빠에 대한 믿음을 다시 확인했다. 오빠는 서울에 있는 본사에 들릴 때마다 공항에서 곧바로 집으로 달려와 엄마와 아버지에게 환한 미소를 보여주었다. 또 적지 않은 돈을 옛날의 그 통장으로 송

금해 왔다.

며칠 전 올케가 캘거리에서 전화를 걸어왔을 때 나는 슬쩍 물어봤다. '오빠는 요즘 뭐 하고 놀아요?' 하고. '아이들이랑 하키 갔어요.'라고 답이 건너왔다.

나는 지금의 행복이 바흐의 칸타타 덕분은 아닐까 생각하기도 한다.

과연 칸타타는 오빠에게 무엇이었을까? 예전에는 하루에도 몇 번이고 오빠에게 물어보리라 작정하기도 했지만 다시 그 이야기를 꺼내기가 아무래도 쉽지만은 않았다. 손에 잡히는 이 행복이 혹여 사라지지 않을까 두렵기도 했고. 오빠네 식구가 한국에 오는 이번 추석에는 꼭 물어보려고 한다. 묵은 얘기처럼 관심 없는 척하지만 요즘이라면 엄마와 아버지 역시 궁금해하지 않을까 싶다.

러브 수프림(Love Supreme)은, 존 콜트레인(John Coltrane)이 자신의 아들의 탄생을 허락한 신에게 바치는 절대적인 사랑을 담은 앨범이다. 'Acknowledgement'(승인), 'Resolution'(결의), 'Pursuance'(추구), 'Psalm'(시편)의 네 파트가 이 영감 어린 모음곡을 구성하고 있다.

1964년 12월, 피아니스트 맥코이 타이너(McCoy Tyner), 베이시스트 지미 개리슨(Jimmy Garrison), 드러머 엘빈 존스(Elvin Jones)와 함께 단 한 번의 세션으로 녹음된 이 앨범은 재즈 역사상 가장 위대한 앨범 중 하나이다. 특히 이 앨범에 물씬 담겨있는 영적인 콘셉트는 다른 재즈 뮤지션들에게 영향을 주어 아예 스피리추얼 재즈라는 하나의 장르를 탄생시키기도 했다.

아무튼 존 콜트레인은 세상에 존재할 수 없는 음악을 들려주었고, 나는 존재할 수 없는 사랑에 대해 깊이 생각했다.

1

여자를 잊기란 결코 쉬운 일이 아니다.

남자는 불안에 떠는 것을 넘어 조금은 이상한 상태로까지 나아갔다. 십 분 동안에도 두세 번, 연거푸 차가운 물을 마셔야만 했다. 남자의 아내는 그런 남편을 측은하게 여겼다. 남편이 너무나 절박해 보였기 때문에 혹여 다른 여자와의 실연(失戀)으로 그런 상태에 처했다는 것을 알았더라도, 아내는 남편을 측은하게 여기는 것을 그만두지 않았을 것이다.

그렇게, 남자의 상황은 좋지 않았다. 우울증이라면 오히려 다행이었다. 남자의 증세는 실연, 그 이상의 어떤 것으로 치닫고 있었다. '괜찮아, 괜찮겠지. 여행 한 번 다녀오면 괜찮아질 거야', 남자는 그렇게 말했다고 한다. 남자의 말끝은 흔들렸을 것이다. 그 흔들리는 파장이 얼마나 위태로웠는지 남자의 아내는 모르고 있었다.

2

밖이 어수선하다는 것이 안에서도 느껴졌다.

아파트 복도에는 파랗고 빨간빛이 경망스럽게 돌아다니고 있었다. 사이렌은 울리지 않았다. 역시 견인차나 보안업체차량은 아니었다. 복도창 너머로 눈이 부시게 말끔한 순찰차가 보였다. 무슨 일일까 궁금해하며 일층으로 내려왔다. 동 현관문을 나서다 복도로 바삐 들어서는 중년의 경찰관과 마주쳤다. 검은색 점퍼 앞뒤로 써진 '경찰 POLICE'라는 흰 글자가 꽤나 소란스러워 보였다.

밖은 맑았다. 아침 햇살이 쨍했고 바람은 불지 않았다. 주차장 한쪽에 서너 명의 경찰들이 있었고 주위로 열댓 명의 주민들이 모여 있었다. 슬그머니 흥미가 일었지만 출근이 급했던 나는 잰걸음으로 아파트 정문을 향해 걸어 내려갔다. 하지만 웅성거리는 소리가 더 커져갔기 때문이었을까, 출근을 미루고 말았다.

사건의 현장은 A동 앞 주차장이었다. 화단에 접해 있는 주차장 남쪽 끝에서 주민들이 보이지 않는 무엇인가를 둘러싸고 있었고, 경찰은 그 안쪽을 들락날락하고 있었다. 현장을 등지고 돌아서 있는 앳된 의경의 눈빛은 호기심으로 가득 차 보였다. 폴리스라인은 없었지만 주민들은 부채꼴 모양의 일정한 라인을 경계로 현장을 지켜보고 있었다. 나는 사람들 사이를 비집고 들어갔다. 사건의 중심은 한 대의 차였다.

쥐색 세단이었다.

차의 지붕이 찌그러진 채 내려앉아 있었다. 문짝까지 바닥에 닿을 듯 마구잡이로 망가진 상태였다. 오른쪽 뒷바퀴는 바깥으로 접혀 있었고, 보닛에는 할퀸 듯 흉한 자국이 큼직하게 남아 있었다. 범퍼는 몇 조각이 깨진 채 여기저기로 흩어져 있었는데 번호판만은 제자리에 멀쩡하게 달려 있었다. 언뜻 봐서는 도로상에서의 전복사고를 방불케 했지만, 자세히 뜯어보면 그런 사고와는 좀 달랐다. 영화에서 봤을 법한, 폭격을 맞아 파괴된 구식전차 같다고나 할까 차라리 폐차장에서 곱게 압착되는 편이 낫겠다 싶었다. 분명 주차장에서 일어날 사고로는 보이지 않았다.

주민들과 경찰의 관심을 끈 것은 그 차만이 아니었다.

부서진 차의 오른쪽 뒤 화단과의 경계에 상당히 큰 바윗돌이 하나 놓여 있었다. 팔을 벌려 껴안으면 겨우 안아질까, 직경이 대략 1.5미터는 넘어 보였다. 산에서 흔히 보는 퇴적암 재질이었는데 다듬어진 흔적은 없었고 대략 럭비공처럼 둥근 모양이었다. 그 크고 무거운 것이 차를 부숴버린 게 틀림없어 보였다.

놀라웠다. 그렇게 큰 바윗돌이 바람을 타고 날아와 차를 부술 리는 없었을 테고 아파트 어딘가에 있던 것이 굴러왔을 턱도 없었다. 한데 차가 거의 완파된 걸 보면 꽤 높은 곳에서 떨어진 것만은 확실했다.

바윗돌에도 생채기는 있었지만 깨지지 않은 채 충돌을 견뎌낸 것 같았다. 그럼에도 나는, 사건의 핵심이 바윗돌의 단단함보다는 크기와 무게라는 것을 단박에 알아차렸다.

사고가 일어난 시점은 새벽녘으로 추정되고 있었다. 주민들은 충격과 우려는 물론 감탄과 안도감까지 뒤섞인 목소리로 수군거리며, 연신 차와 바윗돌 그리고 아파트 위쪽을 번갈아가며 쳐다보고 있었다.

3

남자가 여자를 처음 만난 때는 창경궁에 매화가 막 피기 시작하던 4월 초였다고 한다. 여자를 처음 만났다

기보단 여자의 발을 처음 본 날이라고 해야 정확할지 모르겠다. 여자는 구두를 벗은 채 발을 오므리고 있었다고 한다. 가지런한 발들이 아니라 아무렇게나 구두를 벗어놓은 발이었다고 남자는 회상했다. 회의실 창 아래로 보이는 그 발은 연한 갈색 스타킹을 신고 있었다. 그것으로 매력적이라고 할 수 있을까마는, 남자는 여자와 사랑에 빠진 후에야 그 발에 대해 매력적으로 느꼈었다고 확인해주곤 했다. 그 발이 여자와의 첫 대면의 순간이었다는 이유로.

다른 사람이 보았다면 따분해하거나 조롱하거나, 하여간 별 관심 없이 지나칠 장면이건만 남자는 그것을 사랑의 계기로 받아들였다. 하기는 사랑에 무슨 특별한 이유가 있다는 것이 오히려 심심하고 재미없는 일일 수도 있는 것이다. 반면 여자가 남자를 사랑하게 된 계기란, 갑작스러운 순간에 맞이한 남자의 멋진 얼굴뿐이었을지 모른다. 아니라면 낮은 목소리였던가. 남자는 나이보다 어려 보였고 남자답지 않게 손이 고왔다. 모르겠다. 둘이 사랑에 빠진 이유를 설득력 있게 말하기는 나에게는 물론 당사자들에게도 쉽지 않은 일일 것이다. 그렇다고 해서 그런 것이 사랑의 본질이라고 둘러댈 거만함이 내게는 없다.

다만 그 일은 오래전의 일이라고 말할 수 있을 뿐이다. 남자가 여자를 처음 만난 그날은 남자의 서른두 번째 생일이었다.

4

"도대체 어떻게 된 거래?"

"글쎄요, …돌이 떨어진 거라잖이요."

아내는 마른빨래를 개며 별 관심 없다는 듯 시큰둥하게 대꾸했다.

"그게 어디 돌인가? 바위지. 그리고 그게 떨어진 거겠어? 누가 떨어뜨린 거겠지. 범인이 누구래? 왜 그딴 장난을 쳤대?"

"아직 안 잡혔나 봐요, 금세 잡히나? 수사 중이라잖아요."

"그건 그렇고 그 차는 누구 차래?"

"207호요. 그 왜 다리 절뚝거리는 아저씨, 당신이 그 차 빼준 적 있잖아요, 좁아서 목발 짚고 못 들어간다고."

"아, 그 양반. 그 차 특이한 찬데."

나는 그 차를 떠올릴 수 있었다. 오토바이처럼 손으로 가속하도록 되어있는 것이 인상적이었다.

"왜 그랬을까? ……누가 일부러 그랬겠지?"

"그렇겠죠. 그 큰 돌을 …일부러 그랬겠죠, 실수로 그랬겠어요?"

"그렇다 치고 그 큰 바위를 어떻게 들고 올라가? 남자 셋에서도 못 들게 생겼던데."

"그렇다고 뭐 외계인 짓이겠어요?"

"요즘 사회면 봐봐, 그게 외계인들 짓이지 어디 사람들 짓이냐고!"

아내가 피식 웃었다.

"그런데 왜 우리 아파트에 자꾸 안 좋은 일이 생기죠? 떨어질 집값도 없지만 기분도 안 좋아."

"왜, 또 무슨 일 있었어?"

"저번에 409호 여자가 요 아래 도로에서 죽었잖아요. 사고 나서…… 쯧쯧."

아내는 혀를 차고 다시 말을 이었다.

"죽었대요. 새벽에 어디를 갔다 오는 거래? 참, 당신 차는 어디 세워놨어요?"

그 여자가 죽다니...... 나도 혀를 차고 있었다.

죽은 여자는 큰 키를 가지고 있었다. 167쯤 될까. 그래서 웬만한 남자의 시선은 여자 목덜미의 작고 까만 점을 가까이에서 볼 수 있었다. 그 점은 예기치 않게 관능적으로 보이곤 했다. 물론 그 점이 아니더라도 여자는 그 이상의 매력을 지니고 있었다. 미간은 다소곳했고 피부는 맑았으며 눈은 적당하게 젖어 있었다. 삼십 대 중반이라고 하는데 화려한 장신구들 때문인지 나이가 더 들어 보였다. 어떻게 표현해야 할지 모르겠는데 나이가 들어 보일 뿐 늙어 보이지는 않았다. 굳이 늙었다는 표현을 써야 한다면, 아름답게 늙었다는 표현이 맞을 것 같은, 그런 여자였다.

여자의 남편은 군인이었다. 아파트에서 등산로 입구 쪽으로 일이 분 거리에 군부대가 있었다. 여자의 남편은 그곳의 대대장쯤 되는 모양이었다. 이른 아침 군용 지프가 여자의 남편을 데리러 온 것을 몇 번 볼 수 있었다. 그럴 때도 한두 번 여자를 볼 수 있었는데 그때마다 나는 여자의 부드러운 미소가 남편의 뻣뻣한 행색과는 어울리지 않는다고 생각했다.

며칠 뒤, 우리 지역에서 발간되는 타블로이드판 생활정보신문에는 이런 짧은 기사가 실렸다.

지난 17일 새벽 ○○구 ○○3동 ○○아파트에 주차된 승용차에 지름 1.5미터가량의 구(球) 형태의 바윗돌이 떨어져 주차된 차가 심하게 파손됐다. 피해차량의 주인인 최 모 씨(남, 40세)에 따르면, 최 씨의 차는 지붕이 내려앉는 등 크게 파손되었고 최 씨의 차 주변에 주차되어 있던 차들 또한 최 씨의 차에서 튕겨져 나온 유리 조각 등에 의해 파손되었다고 한다. 경찰은 목격자를 상대로 탐문, 바윗돌이 투척된 경위를 조사 중이다.

하지만 탐문에 응한 목격자의 증언은, 다음 주에도 그 다음 주에도 소개되지 않았다. 아예 목격자가 없었는지도 모를 일이었다.

우리 아파트는 ㄷ근 자 모양으로 생긴 한 동짜리다. 한 동이긴 하지만 획의 순서대로 A동 B동 C동으로 나누었는데 이 세 개 동은 지상 주차장을 감싸고 있었다. 내가 사는 A동만은 베란다가 ㄷ근 자의 바깥을 향하고 있었고 나머지 두 개 동은 주차장을 바라보는 형태였다. 주차장에서 시끄러운 소리가 들려도 A동 주민만큼은 복도로 나가지 않고서는 무슨 일이 벌어지는지 볼 수 없었다.

아파트 주위는 절개된 산이 병풍처럼 둘러싸고 있었으므로 바윗돌은 아파트 정문을 통해 운반된 것이 확실했다. 정문에 설치된 CCTV 확인 결과, 사건 당일 바윗돌을 적재할 만한 몇 대의 트럭이 밤사이 들락거렸으나 특별히 의심이 가는 트럭은 찾아낼 수 없었다. 일주일 전까지의 CCTV 검색도 결과는 마찬가지였다. 나중에 들은 이야기로는 겨울철의 트럭들은 번호판이 보이지 않을 만큼 지저분하기도 해서 추적이 불가능한 경우가 더러 있다고 했다.

그렇다 하더라도 그 큰 바위를 차에서 내리고 옮겼다면 짧지 않은 시간이 걸렸을 테고, 그랬다면 목격자가 있었을 법도 한데 단 한 명의 목격자도 나서지 않는다는 점은 이상했다. 앞서 말했다시피 우리 아파트는 282세대 가운데 약 200세대가 베란다를 통해서 주차장을 내려다볼 수 있는 구조이고 또 엘리베이터는 주차장을 볼 수 있는, 동과 동이 만나는 지점 두 군데에 2기씩 위치해 있기 때문이다.

바윗돌이 차에 떨어진 순간의 굉음만큼은 여러 명의 주민들이 들었다고 한다. 하긴 그 소리가 오죽 컸을까. 하지만 주민들은 그 무지막지한 음향이 바윗돌이 차에 부딪힌 순간의 것인 줄은 알아채지 못했다. 삼면이 둘러싸인 주차장의 환경을 이용한 풍부한 여음 탓에 꿈속에서 들리는 소리이겠거니 하고 흘려들었을 뿐이었다.

한편 B동 1층 114호에 사는 모녀는 그날 밤 아무런 소리도 듣지 못했다고 증언했다. 거의 매일 밤을 지새우며 앙칼진 목소리로 언쟁을 벌이는 것으로 유명한 114호 모녀의 증언은 매우 중요한 것으로 받아들여졌다. 깨어있던 그들 모녀가 그 소리를 듣지 못했다는 것이 이상하다면 이상한 일이었다.

간단하게 말해, 바윗돌의 출현은 석연치 않은 일인 동시에 특이한 일이었다.

5

여자는 스물넷이었고 미혼이었다. 안타깝게도 남자는 결혼한 상태였지만.

영원토록 그럴 것처럼 둘은 열렬한 사랑에 빠졌다. 여자는 유명 여대를 나와 강남에서도 충분히 뽐낼 만한 규수였고, 남자 역시 조금 작은 규모의 대학이긴 하나 수도권의 대학을 졸업했으니 범박하게 보자면 출중한 인재였다. 여자의 미소는 누구에게든 쉽지 않아 보였고, 남자의 생김새는 누구나 호감을 느낄 만큼 훤칠했다.

이직을 하고 새로운 회사에 출근한 첫날, 남자가 본 발의 주인은 입사한 지 채 일 년이 되지 않은 신입사원이었다. 여자는 쿨했다. 여자는 남자에 대한 호감을 사람들에게 스스럼없이 말해버렸다. '좋아해요'라는 말, 그것은 사실이었다. 문제는 강직하지 않은 남자가 그 소문에 장난스럽게 반응을 한 것이었다. 소문이 중요할까, 장난이 죄가 될까, 둘은 언제고 눈빛만으로도 사랑에 빠졌을지 모른다. 사랑이란 대저 그런 것 아닌가 싶다.

남자는 자정이 넘은 지루한 술자리에 여자를 불렀다. 여자는 지체 없이 달려왔다. 여자 또한 취한 상태였다. 둘은 테이블 아래로 손을 잡고서 서로를 향해 미소 짓고 있었다. 그제야 여자의 미소는 의미를 찾은 것 같았다. 둘이 정말 사랑했는지는 사랑의 결말이 증명해주지 않는다. 다만 둘이 서로를 사랑하지 않았다는 것을 반증할 만한 사실은 전혀 없다. 둘의 연애는 그것 자체가 충분히 연애다웠기 때문이다. 남자는 늘 여자를 위해 웃는 낯을 했고 여자는 남자를 생각하며 하루와 하루를 이어갔다. 회식자리는 둘의 연애를 달콤하게 만드는 배경에 불과할 뿐이었다.

남자가 여자에게 놀랍도록 깊이 빠져들 수 있었던 건 여자의 또 다른 말, '존경해요' 때문이었는지 모른다. 그리고 여자가 온몸을 던져도 아깝지 않을 만큼 남자를 사랑하게 된 것도 진심으로 남자를 존경했기 때문이었는지 모른다.

여자가 쿨한 만큼 남자는 담백했다. 남자는 3년 동안을 함께했던 여자를 자신의 흔적이 닿을 수 없는 곳으로 보내기에 이른다. 숨을 쉬는 것조차 고통스러웠다면서 어떻게 그런 결의를 행동에 옮길 수 있었는지는 모를 일이지만.

남자는 말했다.

"다시 만나면 우리 꼭 완전한 사랑에 빠지자."

말했다시피 여자는 쿨했다. 여자는 남자의 아픔을 알면서도 남자의 무거운 결의에 진이 다 빠져버린 나머지 '그래 이제부턴 가벼워지자' 하는 심산으로 남자의 곁을 떠났다. 불가능할 것만 같던 것이 가능하게 되어버린 시점에서, 둘은 서로를 넋 놓고 마주 볼 여유조차 없이 운명의 흐름에 마음과 몸을 맡겨버리게 된 것이었다.

둘의 헤어짐은 어려운 대목이다. 하지만 역설적으로, 알 것도 같다. 그때가 사랑을 검증하기 시작한 시점이었다는 것을.

6

경찰의 조사결과 바위는 9층에서 떨어뜨린 것으로 판명되었다. A동 9층 복도의 한 창틀에서 바윗돌의 흔적이 발견되었기 때문이다. 미스터리는 풀린 것일까? 사람들이 가진 또 하나의 의문은 그 바위가 창틀을 찌그러트리며 복도 너머로 떨어졌을 때, 왜 화단이나 트렁크에 떨어지지 않고 차의 지붕 한가운데에 떨어졌을까, 하는 것이었다. 기계의 힘이 아니고서야 어찌 중력을 이겨가며 그 돌을 공중의 한가운데로 밀어낼 수 있었겠냐는 것이다.

며칠 동안 주민들은 들썩였다. 다행히 짐승의 짓이

라거나 종교적 의미라거나 외계인의 짓이라거나 또 자연발생적이라거나 하는 빌어먹을 추측들은 나오지 않았다. 그런 건 사실 술자리에서 누군가가 지껄인 농담일 뿐이었다.

경찰은 9층의 창틀과 덩그러니 남아 있는 바위에서 지문을 떠내기 위해 뒤늦게 감식반을 출동시켰다. 피해자보다 경찰이 오히려 이 신비로운 사건에 더 큰 관심을 가지고 있는 것처럼 보였다. 하지만 경찰의 사적인 욕심에도 불구하고 사건의 비밀을 틀어쥐고 있는 바위에서도 창틀에서도 별다른 지문이 발견되지 않았다. 또, 복도에 찍힌 수많은 발자국들은 감식하기에 너무나 벅찬 것일 뿐이었다.

시간이 지나자 바윗돌은 치워졌다. 아파트에선 더 이상 아무런 사건도 일어나지 않았다. 더군다나 주차장에서는 그 흔하던 접촉사고조차 일어나지 않았다. 굳이 주차장에서의 사고라면 유치원 통학차량이 내 차의 범퍼 모서리를 노란 페인트를 묻혀가며 긁어놓은 것 정도였다. 원인과 결과가 분명해 보이는 그런 사건은 사람들의 주목을 끌지 못했고, 인과관계가 불명확한 바위 투척 사건도 시간 앞에서는 잊히고 있었다.

7

 하지만 둘의 사랑은 시간 앞에서도 잊히지 않았던 모양이다. 오랜 시간을 넘어서, 둘은 어느 봄날 아파트 주차장에서 마주쳤다. 헤어진 지 5년 만이었다. 둘이 만나 처음으로 한 일은 다시 사랑하기로 마음먹은 것이었다. 여자는 남자의 차를 타고 한 시간 거리에 있는 교외의 카페로 갔다.

 여자는 차 안에서 구슬프게 울었다. 불구가 된 남자의 두 다리 때문이었다. 남자는 말하지 않았다. 다리가 부서진 건 네게 갈 수 없을 바에야 필요 없었기 때문이었다고. 여자의 생각은 조금 달랐지만 비슷했다. 나 때문이야 나 때문에......, 물론 둘의 그런 생각들은 과장된 심정이었다. 남자의 다리는 그저 우연한 사고일 뿐이었다. 사랑이란 고통스러운 동시에 과장되기 일쑤다. 그렇지만 그런 속성이 또한, 둘의 사랑이 지독했음을 부정하지는 않는다.

 다시 한번 말하지만, 사랑을 잊기란 결코 쉬운 일이 아니다. 둘의 사랑은 다시 불타올랐다. 둘은 옛 연애 시절 함께 들었던 이반 모라벡의 쇼팽을 다시 함께 들었고 서울로 올라가 최신 뮤지컬도 함께 즐겼다. 둘의 데이트 장소는 주로 어두워진 밤에 숨긴 남자의 차였다. 둘의 차는 아파트로 돌아오는 도중 통행이 드문 도로에 길게 정차하곤 했다.

여자의 남편은 군인이었으므로 군의 작전이 밤에 이루어지는 날은 둘의 작전 역시 밤에 이루어졌다. 남편의 작전이 성공적인 날은 둘의 작전 역시 성공적이었고, 남편의 작전이 실패하는 날이면 둘은 재빨리 아파트로 돌아와야 했다. 둘의 차는 5분여 간격을 두고 출발했고 돌아올 때도 마찬가지였다. 출발은 남자가 먼저 했고 귀가는 여자가 먼저 했다.

남녀 간의 모든 사건은, 타인의 눈앞에서 치정이다. 하지만 둘은 역시, 쿨하고 담백했다. 둘은 서로 버림받지 않기 위해서 서로를 확인한다거나 의식적으로 서로를 잊어버릴 필요조차 없었다. 둘의 사랑은 그랬다.

8

사건이 일어난 후 아마도 한두 달은 지난 뒤였을 것이다. 207호 남자가 목발을 짚고 엘리베이터에서 나오고 있었다. 2층이라도 엘리베이터를 탈 수밖에 없는 모양이었다. 나는 엘리베이터 문을 잡아준 뒤 가볍게 목례를 했다. 남자의 눈과 마주치는 순간, 사건이 생각났다.

"……범인은 잡으셨어요?"

"……"

괜히 물어보았나 싶었다. 그래도 내친김에.

"그때 그 사건이요."

남자는 귀찮아했다.

"아, 아뇨."

A동 현관으로 가는 짧은 길을 내가 양보했다. 남자가 먼저 주차장으로 나갔다. 남자의 차는 내 차 옆에 있었다. 남자가 차문을 열려고 할 때 지나가는 말투로 다시 물었다.

"어? 새 차네요. 지난번 사고는 보험처리가 되던가요?"

남자는 못 들은 척, 몸을 던져 넣듯 차에 탔다. 그리고는 두 개의 목발을 잡아채듯 당겨 넣고선 차문을 닫아버렸다. 그 동작이 여간 빠르지 않았다.

그날 저녁이었다. 나는 아파트로 올라오는 골목에 있는 작은 주점에서 맥주를 마시고 있었다. 한 병을 다

비울 때쯤 207호 남자가 주점으로 들어왔다. 주점 주인은 남자가 문을 여는 것을 도와주고 목발을 받아주었다. 서로 잘 아는 눈치였다. 주인은 주방으로 들어가면서, 저 양반 단골이야, 하고 내게 귀엣말을 건넸다.

다시 본 남자는 나이보다 어려 보였다. 듣기로는 나와 엇비슷한 나이로 들었는데 30대 초반으로밖에는 보이지 않았다. 게다가 아주 잘생긴 얼굴이었다. 특히나 콧날이 멋있었다. 과하게 날이 서지도 또 무디지도 않은 콧날, 그리고 시원시원한 눈매, 남자의 얼굴은 남자들에게도 기분 좋은 느낌을 주었다.

자리를 잡은 남자는 나와 눈이 마주치자 희미한 눈인사를 건네 왔다. 그러고는 망설이는 표정을 짓더니 무거워 보이는 점퍼를 벗기 시작했다. 곧바로 주인이 맥주와 마른 멸치 접시를 남자의 테이블에 가져다주었다. 그날 저녁 남자는 혼자서 세 병의 맥주를 마셨다.

그 후로도 홀로 주점에 들른 남자를 몇 차례 더 마주칠 수 있었다. 하지만 나는 그때마다 일행과 함께 들렀던 터라 길게 아는 체를 할 수 없었다. 그러던 어느 날 나는 그 주점에 혼자 들르게 되었고, 드디어 남자와 함께 술을 마실 기회를 가지게 되었다. 우리는 두 시간 가까이 맥주를 마셨고 좀 멋쩍은 친구 사이가 되었다. 그 후로도 나는 몇 번을 더 그런저런 기회로 남자와 둘이서 술을 마셨다.

나는 남자에 대해서 많은 것을 알게 되었고, 또 어떤 부분은 짐작하게 되었다.

남자와 술친구 사이가 된 그때쯤의 어느 날 저녁, 남자에 대한 소문을 들었다.

"여보 글쎄, 207호 아저씨랑 409호 그 여자랑 그런 사이었다나 봐."

"......그런 사이?"

"인혜 아빠가 저번에 용평 가는 날 새벽에 봤대요. 인혜 엄마가 해준 얘기예요. 인혜 아빠가 봤다는 거지, 하여간. 경마장 앞길로 가다가 하도 춥고 배도 고프고 해서 커피 한 잔 사 마시려고 차를 세웠대요. 길가 트럭에서 파는 커피가 있었다나 봐요. 왜 작은 트럭에서 파는 커피 있잖아요. 커피 한 잔을 사가지고 천천히 출발하는데 글쎄 앞쪽에 낯익은 차가 있더래요. 별생각 없이 그 차를 살피는데 장애인 스티커도 있고...... 207호 차더래요. 그런데 조수석 쪽이 409호 여자 같았대요. 좀 그랬어. 그 얘기 듣고서."

러브 수프림

"좀 그랬다는 게 뭔데?"

"……"

"그런데 그 얘기가 왜 지금 나와? 그 여자 죽었다며?"

"인혜 아빤 지방 근무잖아, 오랜만에 집에 왔더니 그날 밤 일이 생각나더래나 뭐래나."

나는 바위를 던진 범인, 그 초인이 누구인지 분명하게 알 것 같았다.

9

끝나지 않는 사랑은 없다. 둘의 재회는 세상에 둘도 없는 행복이었다. 행복한 만큼 그 행복이 믿어지지 않는 순간들도 많았다. 행복에 대한 믿음을 확고히 하는 과정에서 둘은 서로를 불신하기 시작했는지 모른다. 게다가 둘은 서로가 아닌 그 외의 누군가를 배신할 수 있을 만한 용기와 배짱이며 포부가 없었다. 또, 그런 사람들일수록 사랑의 아픈 면에 깊이 빠져든다는 것이 통상적인 사실이다.

여자가 말했다.

"언젠가는 좋은 날이 올 거야. 함께 눈을 떠서 아침을 먹고 ……괴로움까지도 함께 할 수 있을 거야."

여자는 재회한 후로 반말을 하고 있었다.

"분명히 해두고 싶어. 두 번 다시 널 잃고 싶지 않아. 네가 없어지면 난 죽어버릴 거야."

그럴 때쯤 여자는 뜬금없이 남편의 얘기를 꺼내곤 했다. 그건 두려움이었을까, 고통이었을까. 아니면 사랑에 대한 의심이었을까.

"남편은 여린 사람이야. 내가 당신과 노망이라도 기면, 남편은 아마 나부터 죽인 다음 당신을 죽이고 스스로도 죽어버리고 말 거야."

순간 남자는 자신의 사랑이, 좋게 봐주더라도 사랑이 아닌 애욕으로 치닫고 있음을 간과하지 않았을 것이다. 둘 사이에는 이미 믿음 따위가 드나들 틈이 없었다. 과연 사랑은 그 복잡다단함만큼이나 위험하기도 하다.

그즈음의 어느 날 새벽 세 시경, 여자는 아파트 아래 4차선 도로에서 죽었다. 여자가 숨을 거두는 순간, 여자의 남편은 작전 중이었고 남자는 여자를 뒤따라 아파트로 복귀하고 있었다. 여자가 죽은 날에는 하늘의 별이 단 한 개도 반짝이지 않았다. 둘에게는 겁이 나지 않는 밤이었을 것이다.

여자는 두 시경 잠옷 위에 트렌치코트를 걸치고 슬리퍼를 신은 채 남편의 대형 세단을 몰고 아파트를 나섰다. 졸고 있던 경비원은 여자를 보지 못해서 마지막 인사를 건네지 못했다. 그리고 한 시간 뒤, 여자는 남자의 차에서 내려 아파트로 돌아오는 중이었다. 여자가 몰던 차는 만취한 고등학생이 몰던 차에 들이받힌 뒤, 다시 가로등을 들이받았다. 그 소리가 얼마나 컸던지 여자의 남편이 작전 중이던 군부대에까지 그 소리가 들렸고 작전 중이지 않았다면 몇몇 병력은 자다 놀라서 일어날 법도 했다.

도로변에는 주차된 차들밖에 없었다. 달리는 차는 한 대도 보이지 않았다. 간간이 야식을 배달하는 오토바이가 지나갈 뿐이었다. 사고를 낸 아이는 겁이 난 나머지 차를 몰고 달아나버렸고, 앞과 뒤로 찌그러진 여자의 차만 가로등을 감싸고 있을 뿐이었다.

여자는 목이 꺾여 죽었다. 피는 한 방울도 흘리지 않았다. 뒤따라오던 남자는 가로등 앞에 부서진 차가 누구의 차인지 정확하게 알아보았다. 피를 흘리지 않은 여자는 정말로 죽은 것 같지 않았다. 투명한 목선이며 가지런한 팔과 손 모두 그대로였다. 남자는 죽어버린 여자를 보고서 여자가 얼마나 아름다운지 다시금 감탄하지 않을 수 없었다. 지독한 아름다움은 잔인한 아름다움으로 귀결되었다고, 순간 남자는 생각했는지 모른다.

여자의 남편은 작전 중이었던 탓에, 여자가 병원으로 옮겨지고서도 한 시간이나 지나서야 달려왔다. 여자의 남편은 진심 어리게 펑펑 울고 말았다. 반면 남자는 여자를 잃은 슬픔을 모르는 체할 수밖에 없었다. 드러내지 못하는 남자의 슬픔은 바닥이 보이지 않았지만 그것은 그저 슬픔이었고, 그 슬픔 이후부터가 사건의 시작이었다. 말했다시피 그것은 새로운 차원의 실연이었다.

10

남자가 바위를 들고 9층으로 올라간 건 그 결과로 보여주었듯 자신의 차를 부수기 위해서였다. 남자에게 있어 그 차는 여자와의 기억을 담은 거대한 모함(母艦)이었다. 그 차를 목격하는 단 한순간조차도 극심한 통

증을 견딜 수가 없었는지 모른다. 하물며 그 차를 몰고 다녀야 하는 남자의 괴로움은 내가 짐작할 수 있는 정도를 훌쩍 넘어설 것이 틀림없었다. 지구 어느 곳에서든 그 차가 존재하는 한, 남자는 도저히 어찌할 바를 알 수 없는 고통스러운 순간들에 직면해야만 했을 것이다.

남자는 결심했다. 차를 부숴버려야겠다. 그래서 여자를 잊어야겠다.

남자가 어떻게 그 거대하고 무거운 바위를 들고 9층까지 올라갔는지는 알 수 없다. 남자가 바위를 옮겨오는 내내 머릿속에 떠올린 것은 그 차 안에서 여자의 눈을 바라보던 기억, 여자의 허벅지에 입 맞추던 기억, 다소곳한 여자의 태도를 돌변하게 만들던 기억이었다. 그 기억들이 힘이 되었는지는 모르겠다. 그 기억들이 남자를 전투적으로 만든 것만은 분명하다. 남자는 그날 밤 승리하고야 말았으니까.

남자는 밤늦게 담배를 물고 사당 방향으로 빌린 트럭을 몰았다. 온 다리와 발끝에 생의 모든 힘을 모으고 가속페달을 밟았다. 사당역 네거리에 다다르기 300미터 전쯤에 채석장이 있었다. 남자는 어둑한 채석장 깊은 곳으로 차를 몰아 들어갔다. 벌써 몇 주 전부터 보아 둔 곳이었다. 남자는 그곳에서 바위를 찾아 차를 내려 걸어 들어갔다.

남자는 고통에서 벗어나기 위해 고통을 선택한 것처럼 보였다. 목발은 던져버렸다. 남자는 바위를 온몸으로 감쌌다. 그리고 바위를 들어 올렸다. 바위는 남자의 가슴에 안긴 채 외롭고 괴로우며 슬픈 지상으로부터 격리되었다. 역설적이게도 사랑의 힘이었을까, 그 순간만큼은 정말 여자를 잊을 수도 있을 것만 같았다.

11

"끝나지 않는 사랑은 없답니다."

남자의 말끝은 꼬였다. 그리고 떨렸다.

"천천히 혹은 아주 급하게, 종료되곤 해요."

나는 공감되는 부분이 있어서 고개를 연신 주억거렸다.

남자가 가진 담백함의 이면에는 독특한 망상과 집요함이 있었다. 그걸 설명해 내려면 남자를 파악해 낸 나를 설명해 내야 하기도 해서 이쯤 해두긴 하지만,

나는 남자가 태어날 때부터 그런 성격을 가졌을 거라고 믿고 있다. 남자는 지금도 어디에선가 여자를 완전하게 잊어버린 채, 다시금 여자를 찾아내는 작업에 골몰하고 있을지도 모를 일이다. 지구상에서 사망해 버린 여자를 말이다.

사실 사건을 저지른 후에도 남자는 여자를 잊을 수가 없었다. 죽고 싶다는 말을 몇 번인가 했다. 그렇게 남자는 두려움이 많았다. 남자에게 권총이 있었다면 남자는 어떻게 했을까. 불행하게도 남자에게는 권총이 없었다. 여자의 남편은 권총을 가지고 있었는지도 모르겠다. 계급이 중령쯤 되었을 테니 실탄을 장전한 권총을 가질 만했을 것이다. 어쨌든 남자에겐 권총이 없었고 대신 아내와 아이들이 있었다. 그 점은 새로운 경향을 가진 신파의 조건이 아니라 오히려 이 슬픈 사랑을 과격하게 만들어버린 결정적인 조건일지 몰랐다.

남자가 왜 그 바위를 던져야 했던가를 설명하기란 이처럼 간단하지만, 사건의 전모를 이해하기란 쉬운 일이 아니다. 남자가 겪은 고통만큼은 아니겠지만 남자의 행동을 받아들이는 데에도 적지 않은 고통이 따를 수 있다. 남자가 인간적인 것을 초월한 초인의 능력을 보인 역설은 별개로 하더라도 말이다.

그렇긴 하지만 이 놀라운 사건은, 몇몇에게는 '사랑하다'라는 동사의 본태만큼이나 담백한 고백으로밖에 여겨지지 않을지 모른다. 그럼에도 불구하고 사랑이란 늘 다른 방식으로 활용된다는 것 또한 사실이다. 그러므로 지금껏 없었던 어떤 사랑을 겪어보지 않았다면 이 사건을 옹호하기가 힘들 것이다.

이상의 사건은 지난겨울의 일이었는데 올겨울도 다 가고 있는 지금까지도 남자는 그 어떤 소식도 전하지 않고 있거니와 아파트에 나타나지도 않고 있다. 아마도 죽지는 않았을 것이다. 남자가 가진 사랑의 힘만큼 남자가 그다지 용기 있어 보이지는 않았다. 하기는 살아 있다고 다 견뎌낼 수 있는 것도 아니다.

올해 여름부터 남자는 경찰에 실종자로 신고된 상태다.

레코드가게에서 종종 시인을 마주쳤다. 그는 슬리퍼를 끌고 나타났다. 겨울에는 그를 마주친 기억이 없다. 겨울에 나는 자그마한 레코드가게로 거래처를 옮겼고 시인은 사계절 구분없이 대형 레코드가게로 재즈레코드를 사러 다녔을 것이다.

내 겨울의 레코드가게, 그 자그마한 레코드가게의 상호가 '브람스레코드'였다. 추운 겨울날 브람스에서 시벨리우스를 들었던 기억이 있다. 드나들던 겨울 동안 나는 단 한 번도 주인장에게 묻지를 못했다. 가게 이름에 왜 브람스가 들어가냐고. 브람스라면 밤 음악의 대가인데... 하긴 브람스레코드는 늦은 저녁에도 불을 밝히고 있었다. 그 도시에서는 도무지 눈을 볼 수 없었으므로 쨍하고 매끈한 겨울 같은 클라리넷 소리와 가게의 모습이 쉽사리 겹쳐진다.

나는 늘 혼자였다. 주인장도 그랬던 것 같다. 혼자 그곳을 드나들었고 그곳에서 그 시인이 아니더라도 다른 손님 그 누구와도 마주친 적이 없었다.

D.960

 클라라 하스킬(Clara Haskil)의 모차르트(W. Mozart)는 유명했다. 나는 그 모차르트를 즐겨 들었고 가끔 깊은 감명을 받고는 했다. 그러면서 자랐다. 자라서 서른 살이 된 해의 봄날 어느 금요일 퇴근길에서 난생처음 하스킬의 모차르트가 아닌 하스킬의 슈베르트를 깊게 들었다. 하스킬이 짚어 낸 수더분한 소리가 툭하니 가슴을 찔러왔는데 마음속 모든 것을 움켜쥘 만큼 아름다웠다.

 슈베르트(F. Schubert)의 마지막 피아노소나타 도이치넘버 960번. 1951년 파리에 있는 한 스튜디오에서 하스킬은 어제 있었던 일을 들려주듯 건반을 눌렀다. 좁은 차 안에 슈베르트의 육성이 피아노소리로 바뀌어 스며드는 것 같았다.

 스물셋, 제대하던 해 늦겨울이었다. 복학을 앞둔 그때의 나는 집에서 마냥 뒹굴대는 게 좋았다. 그런 나와는 달리 누나는 하나밖에 없는 동생의 미래를 걱정했다. 결국 누나의 종용에 못 이겨 나는 새벽부터 영어회화를 배우는 학원에 다녔다. 왜 새벽이었는지는 가물

가물한데 아마도 누나를 안심시키려고 그랬던 것 같다. 요즘은 어떤지 모르지만 영어회화반이라는 것이 해도 뜨기 전에 좁은 강의실에 모여 앉아 불러주는 외국어를 복창하는 게 전부였다. 조금은 바보스럽다는 생각이 들어서 일주일 정도 지나면서부터 학원에 가지 않았다.

그래도 누나의 눈을 피해 알록달록한 표지의 영어 교본을 챙겨 들고 새벽마다 집을 나서는 것은 그만두지 않았다. 그러던 어느 날 집을 나선 새벽, 찬 기운이 누그러진 새벽바람 탓이었던지 음악이 몹시 듣고 싶었다. 나는 몇 시간이나 시내를 서성이면서 레코드가게의 문이 열리기를 기다렸다. 대형 레코드매장이 문을 열기 무섭게 나는 클래식 레코드가 모여있는 청음실로 들어갔다.

그곳에서 하스킬의 그 시디모음집을 보았다. 곱게 나이든 하스킬의 초상이 담긴 재킷이 눈길을 끌었다. 매끄러우면서도 두툼한 재질의 종이박스 속에 띄엄띄엄 엘피(LP)로 듣던 연주들이, 또 엘피에도 없던 흔치 않은 음원들이 차곡차곡 들어있었다. 두고두고 듣고 싶었다. 다행스럽게도 내 주머니엔 누나에게서 받은 다음 달 수강료가 들어 있었다.

필립스사에서 나온 '하스킬 더 레거시 볼륨 3 솔로레퍼토리(Haskil The Legacy Volume III Solo Repertoire)'는 그렇게해서 가지게 되었다.

작은 박스 안에는 석 장의 시디가 들어있었다. 스카를라티(D. Scarlatti)와 모차르트, 라벨(M. Ravel)이 든 첫 번째 시디와 슈만(R. Schumann)이 수록되어 있던 두 번째 시디는 끼고 살다시피 했다. 그 두 장의 시디가 너무나 마음에 들어서였던지 슈베르트를 담은 세 번째 시디는 한두 번을 듣고 난 후 관심을 두지 않았다. 직장 생활이 조금 익숙해졌던지 출퇴근길에 들으려고 차에 가져다 두었던 열댓 장의 시디들 속에 그 시디가 있었고 대략 7년만에 나는 하스킬의 슈베르트를 다시 들었던 것이다.

하스킬의 슈베르트를 다시, 또 깊게 들은 그날 밤 나는 나 자신에게 진지하게 물었다.

'네 인생은 하스킬의 백분의 일만큼이라도 아름다우냐?'

내가 왜 그런 질문을 했는지는 도무지 알 수 없다.

나는 그 모음집의 해설서를 몇 번이고 곱씹듯 읽었

다. 거기엔 인생역정의 험난함만큼이나 아름답기도 했던 하스킬의 사진 몇 장이 연대기에 따라 들어 있었다. 어린 하스킬의 눈에서 귀기(鬼氣)가 느껴졌다. 루마니아 태생의 유태인이었던 하스킬의 천부적인 재능은 세포경화증이라는 불운에 위축되고 나치(Nazis)에 의해 꺾였는데 만년에 이르러 다시 빛을 발했다. 그렇지만 하스킬은, 콘서트를 열기 위해 들른 브뤼셀의 한 기차역 계단에서 실족하는 바람에 숨지고 만다. 예순다섯 살 하스킬은 비극적으로 생을 마쳤다. 말하자면 나는, 그날 밤 만만찮게 기구한 삶을 살았지만 투명하고 예쁜 모차르트를 연주했던 하스킬로부터 깊은 위로를 받았다.

계기는 하스킬의 슈베르트뿐이었다. 나는 결심했다. 그리고 몇 주 후, 봄 냄새가 봄동의 속살처럼 익었을 무렵 회사에 사표를 냈다. 그때는 온 세상이 퍽 잘 굴러가서 내 결심이 흔들리지 않을까 하는 조바심 외에는 별달리 걱정이 없었다. 물론 누나는, 내가 회사를 관두는 것부터 완강하게 반대했다. 누나와 몇 차례 다툼이 있었지만 두 개의 계절이 지나 결심을 실행에 옮겼다.

지금 내가 앉아있는 이 '브람스레코드'는 그렇게 탄생했다.

브람스레코드에서는 시디도 팔고 엘피도 판다. 새 것도 팔고 중고도 판다. 가게에서도 팔고 인터넷에서도 판다. 클래시컬도 팔고 재즈도 판다. 책도 판다. 책이란, 몇 권의 시집이다. 내가 좋아하는 시집을 열댓 권쯤 가져다 판다. 감성이 짙은 시집들은 잘 나간다. 삼사십대 여자 직장인이나 여대생이라도 들르면 나는 곧잘 시집을 팔아넘긴다. 그중 잘 나갔던 시집은 황지우 시인의 '어느 날 나는 흐린 주점에 앉아 있을 거다'로 기억한다.

브람스레코드라는 이름은 내가 지었다. 순정파 브람스가 좋았고 브람스의 음악도 즐겨 들었지만 무엇보다 '브람스'라는 부드러운 어감이 좋았다.

'슈베르트레코드'나 '하스킬레코드'라는 이름도 후보에 있었다. '슈베르트레코드'는 일곱 글자여서 읽기가 불편했다. 누나는 '하스킬레코드'라는 이름도 반대했다. 누나는 하스킬이 누구인지 잘 몰랐다. 하스킬의 이름인 '클라라'를 써서 '클라라레코드'로 이름 지었다면 누나가 선뜻 동의했을지도 모를 일이지만 지금까지 별다른 후회는 없다. '클라라'는 끝내 브람스(J. Brahms)의 사랑을 뿌리친 클라라 슈만(C. Schumann)을 지칭했으니까. 도대체 사랑이라는 것이 우정으로 대체될 수 있단 말인가. 슈만이 자신의 음악만큼이나 그럴듯한 남자였다면 모르겠지만 말이다.

이름 탓만은 아니겠지만 브람스레코드는 개업 이후 번창해 지금은 온라인에서도 꽤 알려진 레코드 쇼핑몰이 되었다.

덧니소녀

당대에 손꼽히는 천재 피아니스트 중 한 명이었던 하스킬은 죽기 얼마 전에 이르러서야 생애 처음으로 콘서트용 그랜드피아노를 장만하게 되었다지만 나는 개업하자마자 값비싼 오디오를 가게에 들여놓았다. 영국인들이 설계하고 만든 오디오세트는 가게의 한쪽 모퉁이에서 매혹적이고도 편안한 소리를 만들어주었다. 그 오디오의 음향은, 틈이 난 감정들 사이의 간격을 메워주었고, 어린 날들의 달콤했던 추억을 끄집어 내 펼쳐보였다. 훌륭했던 만큼 다루기 까다로웠던 그 기기들은 지금 여기에 없다. 어떤 날은 그 소리가 그립다. 덧니소녀가 그리운 만큼이다. 딱 그만큼이다.

나는 가끔 브람스레코드의 홈페이지에 마련해 놓은 자유게시판에 몇 마디를 끼적이기도 한다. 라디오를 듣다 말고 그 감흥을 적을 때도 있다.

당신은 이국의 언어를 알고 있습니까? 세상에는 정말 많은 언어가 있다고요. 음악을 들려주는 사람은 연주자가 아니라 이국의 언어에 능통한 30대 초반의 남자랍니다. 그는 오늘도 음악을 들려줍니다. 많은 기억들이 서로 엇갈립니다. 하나의 언어 속에서도 엇갈립니다. 종잡을 수 없는 죄악들과 슬픔들, 그리고 새로운 언어도 읽어낼 수 있습니다.

라디오에서 말합니다. 이별을 잘하면 아름다운 사랑을 가질 수 있다고요. 하지만 이별을 잘하기가 어디 쉽나요? 사람들은 똑같은 언어로 반문하고 말 것입니다. 그럼에도 나는 알아가고 있습니다. 이별하는 방법을 알아가고 있습니다. 여름날 저녁 당신을 만나 당신의 가슴을 만지고 당신의 입술을 탐하며 당신의 발끝을 간질이는 것보다 더 가치 있는 사랑을 알아가고 있습니다. 사랑은 그렇게 처절한 것입니다. 이봐요 디제이 아저씨. 이거 뭐 하자는 겁니까? 절대 이별하지 말라니요? 아직은 추운 3월에는 그녀를 따뜻하게 지켜주라니요? 조금 전의 말과는 다르지 않습니까? 그나저나 내일은 어떤 날씨가 될지 모른답니다.

그날만큼은 또렷하게 기억한다. 이 글을 브람스레코드 홈페이지에 써 내려갔던 토요일 저녁이었다. 나는 시벨리우스(J. Sibelius)의 두 번째 교향곡을 시디플레이어에 집어넣고 있었다. 영국산 시디플레이어는 덜거덕거리며 트레이를 끌어당겼고 윙윙 소음을 뱉어내면서 데이터를 읽어나갔다. 그때였다. 한 소녀가 우산을 접으며 뛰듯이 가게로 들어왔다. 소녀는 두세 권의 악보를 한 손으로 품고 있었다. 큼지막한 손이 두드러졌다.

내 앞으로 다가온 소녀는 웃고 있었다. 덧니, 그래 덧니였다. 통통한 볼살에 덧니가 보였다. 꽤 긴 머리칼은 질끈 동여맸었나 보다. 까딱 하고 인사를 하더니 소녀는 다시 가게 입구로 가 한 손으로 겨우 우산을 갈무리해 우산꽂이에 넣었다. 그리고는 다시 돌아서서 진열대를 휙 둘러보았다.

나는 소녀의 등을 보고 있었다. 그런 나를 소녀가 의식하고 있었는지도 모르겠다. 소녀는 금세 '안녕히 계세요'라는 인사말만 희끄무레하게 남기고 연두색 땡땡 무늬 우산을 펴고서는 비바람이 부는 거리로 나가버렸다. 소녀가 손에 들었다 놓은 시디는 아르투르 베네디티 미켈란젤리(A. B. Michelangeli)가 연주한 드뷔시(C. Debbusy) 전주곡집 제1권이었다.

가게에는 아련한 기운만 남겨졌다. 진열 테이블 위에는 바흐의 악보들이 놓여 있었다. 소녀의 것들이었다. 걷혀가는 봄비를 바라보는 기분이 들었다.

시벨리우스의 교향곡은 3악장 4악장을 끊김 없이 내달아 가고 있었다. 존 바비롤리(J. Barbirolli)와 로열필하모닉오케스트라가 핀란드의 얼어붙은 호수를 내달렸다. 조금 과장하자면, 지금 밖에 내리는 비가 바닥에서 얼어붙어버리는 건 아닐까 하는 느낌이 들었다. 새로 들여온 시디들을 정리하지 않고 쌓아둔 채 시벨리우스를 끝까지 들었다. 재킷의 사진은 북구의 눈 내린 포구였고, 가게 밖은 어둑어둑 비 내리는 거리였다.

봄은 쉽게 오지 않았다. 다음날에도 차갑고 세찬

비가 내렸다. 나는 볼륨을 높였다. 라디오에선 탈리아비니(F. Tagliavini)가 착색된 듯 달콤한 아리아를 부르고 있었다. 나는 낡은 노트북 컴퓨터로 타이핑을 하고 있었고, 끝까지 듣기에 힘들 정도의 감미로운 테너가 마무리될 때쯤 전날의 그 소녀가 문을 밀면서 가게로 들어왔다.

웃음, 덧니, 그리고 목례. 소녀는 시디진열대에서 전날 집어 들다 말았던 미켈란젤리의 시디를 다시 집어 들었다. 소녀는 돌아섰고 내게 시디를 내밀었다 만 원짜리 지폐 두 장과 함께. 소녀의 손에 있던 전주곡집을 소녀가 다시 거두었고, 나는 거스름돈을 소녀의 손에 쥐어주었다. 그러고 나서 바비롤리의 시벨리우스를 소녀에게 내밀었다.

"그냥 드리는 거예요. 듣던 거긴 하지만."

소녀는 머뭇머뭇 시디를 받아 들었다.

"혹시 엘피 들으세요?"

소녀는 고개를 저었다. 소녀는 가만히 시벨리우스를 유리 매대 위에 내려놓았다. 그리고는 싱그럽게 웃었다. 다시 덧니가 보였다. 나는 소녀가 놓고 갔던 바흐의 악보들을 꺼내 소녀에게 내밀었다.

연습

"와, 첼로 소리 좋다! 역시 라이브니까."

음악대학의 유서 깊고도 운치 넘치는 골목을 헤쳐 나가면서 내가 말했다. 음대에는 여대생이 많았고 수많은 여대생 사이를 빠져나가는 건, 거듭하다 보니 썩 좋은 재미였다. 젊음은 아름다움이었다. 소녀가 대답했다.

"저건 비올라 소리예요."

'아, 그렇구나!'

시내 외진 골목 안에 자리한 브람스레코드는 직장인 손님이 많은 편이라 퇴근시간 전까진 한산한 편이었다. 그 덕에 나는 소녀가 수업을 일찍 마치는 날에는 소녀가 다니는 음대의 연습실로 숨어들었다. 다섯 정거장, 가게에서 연습실까지 가는 그 시간도 좋았다.

연습실 건물에는 고시원처럼 각이 진 방이 가득 차 있었다. 1층에는 큰 풍금처럼 생긴 오르간들이 있었고 2층과 3층에는 피아노가 놓여 있는 방이 많았다. 4층에는 피아노는 없이 보면대(譜面臺)만 있는 방들이 있었다. 그리고 무엇보다 잊을 수 없는 연습실 앞 널따란 정원에 있던, 한때는 가을 하늘빛이었을 빛바랜 벤치.

하얗게 변한 그 벤치에 앉으면, 온갖 리듬의 피아노소리와 각자의 피아노를 대동한 소프라노, 테너, 알토, 바리톤, 베이스, 메조소프라노, 그리고 사이사이 예고 없이 등장하는 바이올린과 첼로, 콘트라베이스, 트럼펫, 클라리넷, 거기에 오르간의 장대함까지 겹쳐진 전위적인 음향이 들려왔다. 나는 그 벤치에 앉아 바흐(J. S. Bach)와 모차르트, 베토벤, 슈베르트를 한꺼번에 감상하며 이른 오후의 달고도 곤한 잠에 빠져들곤 했다.

나는 그곳 연습실에서 소녀에게 피아노를 배웠다. 봄날부터 시작해 찌는 듯 더운 여름을 거쳐 늦은 겨울까지, 나는 학생이 되었고 소녀는 선생님이 되었다.

연습실은 제각기 독립된 공간이어서 데이트하기에도 나쁘지 않았다. 하지만 소녀는 과할 정도로 열심인 선생이었고 나는 굼뜬 데다 집중력 없는 학생이었다. 그 연습실에서의 수업이란 때로 소녀의 연주를 듣는 감상의 시간이었다. 어떤 날은 소녀를 졸라 유행하는 가요나 재즈를 들었다. 소녀는 손사래를 쳤지만 무턱 댄 나의 요구에 대개 응해 주었다. 또, 소녀가 두 대의 피아노곡으로 편곡된 악보로 협주곡을 연습할 때엔 저 반주를 내가 해주면 얼마나 좋을까 생각하기도 했다.

소녀는 늘 진지하게 연습에 임했고 강한 타건(打鍵) 때문에 땀을 흘렸다. 소녀의 몸이 강렬한 음향으로 둔갑하는 순간 소녀의 땀이 귀밑으로 흘러내려 건반 위로 떨어지곤 했다. 특히 차이콥스키(P. Tchaikovsky)나 라흐마니노프(S. Rachmaninov) 같은 낭만주의 시대의 곡을 연습하는 날에는 땀을 더 많이 흘렸다. 송골송골 맺히는 소녀의 땀이 싫지 않았다. 나 역시 땀이 많은 체질이었다. 땀 냄새는 서로 조금 달랐다. 소녀에게서는 소녀의 냄새가 났고 나에게서는 나의 냄새가 났다.

우리가 연습을 마치고 아직 어스름한 저녁의 교정으로 나오면 학생들은 땀에 젖어 있는 우리를 이상하게 쳐다보고는 했다. 그 시절을 생각하면 안개 자욱한 봄날의 새벽녘처럼 몽롱해질 뿐이다.

폐사지

브람스레코드에서는 브람스를 제법 자주 틀어 둔다. 나는 브람스의 음악을 꽤나 좋아하고, 한동안 브람스의 첫 번째 교향곡만 듣기도 했다.

교향곡 제1번 다단조 작품번호 68. 브람스의 첫 번째 교향곡은 곧잘 베토벤의 교향곡들과 비교된다. 브람스가 이십 년 넘게 걸려 작곡한, 이십 대의 나를 울렸던 이 교향곡 1악장 역시 브람스의 청년 시절에 작곡되었다. 나머지 악장을 작곡한 것은 얼마간 시간이 지난 후였다고 한다.

당시 내가 듣던 브람스의 첫 번째 교향곡이 누구의 지휘였는지 어떤 이들의 연주였는지 기억이 나지 않는다. 하지만 그런 것은 중요하지 않다. 이 위대한 교향곡마저도 듣다 말게 한 또 다른 예술품을 이야기하려는 참이니까.

경주 시외버스터미널에서 양남을 향해 출발한 버스는 막 내리기 시작한 비를 맞고 있었다. 빗줄기는 각도가 큰 사선으로 차창에 급하게 부딪혔다. 대략 삼사십 분 달리자 바다냄새가 차창을 넘어 코끝에 스쳐왔다. 저 앞에 문무왕의 산골처(散骨處)인 바다가 버티고 있는 지점이었다. 나는 그때 이어폰으로 브람스를 듣고 있다가 무심코 버스 창밖을 내다보았다.

세상에! 들판에 거대한 브람스가 우뚝 솟아있었다.

쌍탑이 열을 맞추어 서 있었다. 감은사지탑이었다.

난 브람스를 들려주던 이어폰을 팽개치고 기사에게 소리쳤다.

"저희 내려요!"

소녀가 나를 따라 내렸다. 갑작스러운 정차에 승객 몇 사람이 중얼거리는 소리가 뒤따랐다.

우리는 갠 하늘 아래, 폐사지의 돌무더기 위에서 사과를 깎아먹었다. 동탑과 서탑은 말 그대로 더할 것도 뺄 것도 없이 아름다웠다. 사과를 다 먹은 우리는 걸어서 바다로 갔다. 소녀와의 추억을 기록한 그날의 유일한 사진은 그곳 바닷가에서 바위에 걸터앉은 소녀의 모습을 담고 있다. 바닷바람에 휘날린 머리칼이 얼굴을 다 덮어버렸는데 소녀의 얼굴은 아마도 웃고 있었다.

소녀가 그날 밤 내게 물었다.

"나, 뚱뚱하죠? 이 팔뚝 좀 보세요. 뚱뚱하죠? 그렇죠?"

나는 살며시 소녀를 안았다.

"내가 뚱뚱한 건 피아노를 잘 치기 위해서예요. 난 힘이 부족해서 몸무게라도 있어야 한단 말이에요. ……아저씨는 모를 수도 있겠지만."

그날 밤 소녀가 가벼운 해초와도 같았다는 느낌이 아직도 내게 남아있다.

바다로 향한 간유리창이 진동했다. 북소리였다. 새벽 눈을 떴을 때 민박집 창밖은 아직 시커멨다. 둥, 둥, 둥, 둥둥, 둥둥, 둥둥둥, 둥둥 둥둥, 둥둥둥 둥둥 둥둥 둥둥... 북의 숫자가 기하급수적으로 늘고 있었다. 소녀와 나는 옷을 꿰어 입고 눈을 비비며 바다로 소리를 찾아 나섰다.

해가 막 올라오려고 했다. 수많은 무녀들과 박수들이 일제히 북을 치며 바다를 향해 제(祭)를 올렸다. 어둠을 때려 부수듯 북소리가 빨라졌고 불쑥, 해가 떠올랐다.

소녀가 기대어왔다. 우리는 숭고해져 버린 걸까. 서로를 끌어안고 멈추지 않는 북소리에 모든 것을 맡겨버린 듯 긴 시간 그대로 멈춰있었다. 세상의 아름다움을 품은 기분이었다. 하지만 결과적으로 우리는, 그 지독한 아름다움을 이겨내지 못했다.

눈물

형가리 태생의 바이올리니스트이자 교육자였던 티보 바르가(Tibor Varga)는 차이코프스키의 협주곡을 두고서 '눈물 젖은 빵을 먹어보지 못한 자는 이 곡을 연주할 자격이 없다'고 말했다. 바르가의 차이코프스키는 과연 뛰어났다. 하지만 바르가가 왜 차이코스프스키와 눈물 젖은 빵을 연관시켰는지를 정확하게 알 길은 없다. 다만 내게도 차이코프스키의 협주곡을 연주할 자격 정도는 있다.

소녀는 나를 쳐다보지 못한 채 눈물을 뚝뚝 흘렸다. 눈물을 뚝뚝 흘리면서 스크램블을 만들었다. 친구들은 스크램블을 먹고 술을 마시다 잠들었고 나는 식탁에 앉아 스크램블이 듬뿍 들어간 샌드위치를 먹었다. 내 눈에서도 눈물이 뚝뚝 떨어졌다. 빵이 젖는 순간 나는 다시, 바르가를 떠올렸다.

아르농쿠르(Nikolaus Harnoncourt)의 소싯적 바로크첼로가 흘렀고, 나는 빵을 내려놓고 친구들이 마시다 남긴 술을 마셨다. 그해 가을 한국의 야구대표팀은 중국에 크게 이기고 대만에 크게 진 끝에 일본에 크게 이겼다. 이런 심한 부침이었건만 감독의 소감은 매번 같았다.

"야구가 다 그런 거지."

나는 그 감독이 좋았다. 나는 소녀에게 말했다.

"인생이 다 그런 거지."

겨울이 다 가고 봄이 온 날에 비행기는 높게 떴다. 목적지는 하노버(Hanover)였다. 소녀가 떠나는 날 우리는 공항에서 만났다. 그리고 둘이서, 단둘이서 밥을 먹었다. 오랜만에 먹어보는 긴 밥. 둘이서 밥을 먹으면 왠지 쑥스러웠다. 그렇지 않은 경우의 상대가 몇 있었지만 둘이서 먹는 밥은 왠지 밥스럽지가 않아서 밥을 먹은 것 같지가 않고 밥을 뱉어내면서 하늘을 쏘아보는 느낌이 들었다. 둘이서 말이다.

소녀가 떠나고, 나는 조금 무기력해졌다. 그래도 아침이면 수염을 깎고 머리를 매만졌다. 왠지 지금 내 모습이 소녀에게 정지된 잔상으로 남을 것 같아서였다. 한도 끝도 없이 떨어져 내리는 꽃잎들을 쳐다보며 긴 시간 앉아 있기도 했다. 가끔은, 하나쯤 멋진 소나타를 연주해버리고 싶다고 생각하기도 했고.

하노버에는 유명한 음악대학이 있고, 또 그곳에는

피아노를 잘 가르치는 선생님들이 많았다. 소녀가 돌연 유학을 떠난 것은 충분히 이해가 되기도 했고 전혀 이해가 되지 않기도 했다. 야구감독의 말처럼 세상은 본래부터 그런 것인지도 몰랐다. 내가 알고 있는 것은 아무것도 없었다. 나는 어렸다. 겨우 서른두 살이었으니까.

툭툭

툭툭은 너의 땀이 떨어지는 소리다.
그리고 눈물이 고일 때 나는 소리다.

하노버 인근에 숙소를 정했고, 하노버로 가는 비행기를 탔다. 한적한 카페에 들러 맛없는 탄산수를 사 마셨다. 자그마한 미술관을 둘러보고 시청 뒤 작은 호숫가에 앉아 딱딱한 빵을 씹어 먹었다. 하노버 국립음대가 어디에 있는지 알아보지도 않았고 물어보지도 않았다. 그저 반나절 하노버 시내를 기웃거리다 서둘러 숙소로 돌아갔다.

하노버에서의 몇 시간은 꿈만 같았다. 꿈처럼 툭툭

끊어져서 시간이 흐르는 것 같았다. 소녀를 찾아갈 생각은 애초 하지 않았다. 나는 프랑크푸르트로 돌아와 그곳 공연장에서 이틀에 걸쳐 슈트라우스(R. Strauss)의 '장미의 기사(Der Rosenkavalier)'를 반복해서 보았다.

이상하게도 독일에서의 내 의식은 툭툭 끊어져서 흐르는 것만 같았다. 모든 것이 툭툭 끊어졌다. 그리움조차 툭툭 끊어져서 나타났다. 툭툭, 툭툭, 툭툭. 난 세상을 툭툭 끊으면서 느끼나 봐, 아니면 세상의 것들이 툭툭 끊어져서 오든가.

열흘간의 여행을 마치고 나서도 때때로 툭툭, 소리가 들려왔다. 자주 가게 문을 닫았다. 웬만한 토요일은 쉬었다. 때로는 월요일까지 쉬었다. 여행을 가기 시작했다. 툭툭, 마음속에서 소리가 불거질 때마다 어디론가 떠났다. 세상에는 아름다운 것들이 정말 많았다. 정말 그런 것 같았다.

콘서트

나는 가게에 앉아 일주일에 한두 권 꼴로 책을 읽는다. 하루는 오래전에 읽었던 이반 부닌(Ivan Bunin)의 '깨끗한 월요일'을 다시 읽었다. 새로운 번역으로 읽는 단편은 느낌이 달라져 있었다. 읽는 도중에 소녀의 땀 냄새를 떠올렸다. 그것이 전날 밤의 술기운 때문인지, 아침의 봄빛 때문인지 잘 몰랐다.

'신께서 당신에게 편지하지 않을 용기를 주셨으면 해요'라는 문장은 역시 좋았다. 좋아서 두 번을 소리 내 읽었다. '가끔씩 나는 자신에게 시간에 대한 희망 외에 내게 남겨진 것이 무엇인가에 대해 묻고는 했다'라는 문장도 곱씹었다.

하스킬의 D.960을 들으면서 '깨끗한 월요일'을 처음부터 끝까지 또다시 읽었다. 하스킬의 패시지들은 부닌의 문장들과 부딪히기도 했고 화해하기도 했다. 하스킬의 스타인웨이(Steinway & Sons)에선 무심하고도 깊은 소리가 났고, 바닥조차 보이지 않는 감정에 가로막혀 주제를 상실해 갔다. 주제가 상실되면 모든 것이 정지될 것만 같았다.

소녀는 돌아오지 않았다. 2년이 지나도 5년이 지나

도, 그리고 다시 또 몇 해가 흘러도 돌아오지 않았다. 단 한 줄의 안부도 도착하지 않았다. 브람스레코드의 홈페이지에는 상품평만 몇 줄씩 쌓여갔다. 소녀가 남긴 것들은 하나씩 하나씩 때로는 한꺼번에 사라졌고 시간이 갈수록 하노버는 지구의 정반대편으로 멀어져 갔다.

브람스레코드 위층에 마련된 간이감상실에서 모처럼 '브람스마니아'의 정기 감상회가 열렸다. 오후부터 첫눈이 내려서이지 참석자들이 들떠 있었다. 음악도 듣는 둥 마는 둥 했다. 수줍은 시인지망생 바그네리안님이 해설을 읽어 내려갔다. 논리적이면서도 시적인 해설이었다. 훌륭했다. 하지만 눈이 쌓일수록 회원들은 어수선했다. 나는 바그네리안님에게 귓속말로 전했다.

"정말 좋은 해설이에요. 한 편의 시 같아요."

바그네리안님은 약간은 실망한 낯빛을 거두면서 괜찮아요 괜찮아요, 하고 혼잣말처럼 속삭였다.

브람스레코드에는 온갖 클래식 콘서트의 포스터가 나붙는다. 그날 저녁 여덟 시에 시작하는 소녀의 독주회 포스터 역시 출입문 옆 큰 유리창에 붙어있었다. 브람스레코드가 건물의 2층까지 세를 낼 만큼 성장했고 나는 못내 덧니소녀를 잊지 않았다. 포스터를 딱 한번 펼쳐봤지만 나는 그날의 프로그램을 고스란히 기억했다. 메인프로그램은 인터미션 후에 연주할 D.960이었다. 길고 긴 곡인데 힘들지나 않을까. 포스터 속 소녀는 노년의 하스킬처럼 수척해 있었고, 웃는 얼굴이지만 덧니는 잘 보이지 않았다.

감상회가 끝나고 회원들이 하나 둘 맥줏집으로 몰려간 시간은 일곱 시가 막 지날 무렵이었다. 내게는 브람스레코드의 창에 포스터를 붙이는 조건으로 받은 두 장의 연주회 티켓이 있었다.

가게문을 닫아걸고 큰길로 걸어 나가 택시를 탔다. 길들은 차들로 가득했다. 차들은 전진하지 않는 드뷔시의 화음처럼 움직이는가 싶더니 곧바로 멈춰버리곤 했다. 공연장 밖에 내걸린 대형 걸개 포스터의 글자들이 육안으로 보이는 지점에서 택시를 내렸다.

콘서트홀 로비에 들어서자 꽤 많은 사람들이 북적였다. 공연장 출입구 옆에 소녀가 우승한 콩쿠르의 실황음반이 프로그램북클릿과 함께 가지런히 쌓여 있었다.

좌석에 앉자마자 2부가 시작되었다. 소녀가 무대

로 걸어 나왔다. 청중들은 박수를 치며 마치 콩쿠르 경연장에서 응원을 하듯 환호성을 질러댔다. 소녀는 검은색 드레스를 입고 의자에 앉았다. 그리고 곧바로 D.960의 첫 음을 눌렀다.

한 음을 누를 때마다, 패시지 하나를 지날 때마다 그리고 그것들이 변주되고, 또 변주된 것들이 반복될 때마다 소녀와 함께했던 장면들이 한 폭 한 폭 선명해지는 그림들로 되살아났다. 피아노 건반 하나하나의 약음은 소녀의 덧니를 닮아 있었다.

1악장의 길고 긴 멜로디는 길고 길었던 시간들에 대한 해명이 아니었다. 소녀는 담담하게 자신의 일상을 건반에 실어 두런두런 이야기했다. 소녀의 연주에는 티보 바르가가 자신의 바이올린에 흘렸을 법한 눈물도 묻어 있었고, 하스킬의 지난했던 삶도 묻어 있었으며, 나와 함께 나누었던 어린 날들의 시린 달콤함도 묻어 있었다.

청중들은 소녀의 연주에 빨려 들어간 듯했다. 둥둥둥, 소녀도 청중도, 그리고 나도 D.960이 더 아름답기를 기원하고 있었다.

네 개의 악장이 마무리되었다. 청중들은 환호성을 내질렀다. 몇몇은 자리에서 일어나 박수를 쳤다. 소녀는 정중하게 미소를 지었다. 길고 긴 박수 소리 속에서 소녀는 잠깐 눈을 감았다. 소녀는 커튼 뒤로 들어갔다 다시 무대로 걸어 나와 한번 더 정중하게 허리를 숙였다.

　소녀는 박수가 멈추기를 기다린다는 제스처를 취했다. 청중들은 박수를 멈추고 자리에 앉았다. 소녀는 피아노 앞에 앉기 전에 무엇인가 하고 싶은 말이 있는 듯했다.

　나는 자리에서 일어나 로비로 나왔다. 소녀의 목소리가 얼핏 들리는 것도 같았다. 얼른 가게로 돌아가 시원한 시벨리우스를 들어야지. 아니다, 브람스마니아 회원들이 있는 맥줏집으로 가야지. 청중들의 박수와 환호가 콘서트홀 로비를 완전히 나설 때까지도 들렸다. 그리고 잠잠해졌다. 소녀가 다시 연주를 시작하는 모양이었다. 밤새 소녀가 연주를 멈추지 않았으면 좋겠다는 생각이 들었다.

예술이란 무엇일까? 예술사가들의 이야기대로 '예술'과 '공예'를 차별적으로 나눌 필요는 없다. 인간의 영혼 같은 것이 들어있어서 삶을 가로지르는 거대한 감동이 꿈틀댄다면 예술이든 기술이든 공예든 무슨 구분이 필요할까 싶다.

우화로써가 아니라면 딴따라의 예술성을 어떻게 드러낼 수 있을까? 나는 서울전자음악단의 오랜 팬이다. 그래서 그의 부친은 물론이거니와 그 아들 기타리스트의 이야기도 슬쩍 담았다.

도 레 미

그는 가수가 된 이후 세상을 등지는 순간까지 단 한 곡도 끝까지 부르지 못했다. 그런 그의 일생은 자신의 능력을 불신한 투철한 예술혼과 심오한 고집 때문이었다. 쉽게 말해 예술가로서의 선택이었다. 1969년에 태어난 그는 올해 봄에 죽었다. 숭고했든 그렇지 않았든 음악적 성과를 떠나 하나의 예술혼이 불타버렸다는 점에서 아쉬움이 크게 남았다.

그가 가수로서의 삶을 한참 살아내고 있을 때, 중현은 인생의 8할을 기타리스트로 살아가는 중이었다. 십대 시절부터 여태껏 오직 기타리스트로 살아온 중현은 2008년 10월 미국의 펜더(Fender)사로부터 기타를 헌정하겠다는 소식을 접하고 당장 아들 셋 모두에게 전화를 했을 만큼 기뻤다.

음악 인생의 처음부터는 아니었지만 20대 후반부터 중현은 펜더에서 출시한 텔리캐스터(Telecaster)라는 기타를 쳤다. 물론 깁슨(Gibson)이 생산한 기타도 쳤고 펜더의 주력 모델 중 하나인 스트라토캐스터(Stratocaster)도 쳤다. 그러다 마흔 살 무렵부터는 공연을 하든 녹음을 하든 반드시 펜더의 스트랫

(Stratocaster의 애칭)만을 사용했다.

펜더로부터 헌정을 받은 소수의 명 기타리스트들이 떠오르면서 중현은 기타음악에 바친 자신의 삶이 아깝지 않다는 감회가 들었다. 펜더사로부터 기타를 헌정받은 사람은 중현을 포함해 여섯 명이 전부였다. 에릭 클랩튼(Eric Clapton)과 제프 벡(Jeff Beck), 그리고 그보다 아래 세대인 에디 반 헤일런(Eddie Van Halen), 잉그베이 말름스틴(Yngwie Malmsteen), 스티비 레이 본(Stevie Ray Vaughan)에 이어 중현이 받게 된 것이었다.

언젠가 펜더사의 마스터빌더(master builder)가 어떤 기타를 원하는지 문의해 왔을 때 중현은 지미 헨드릭스(Jimi Hendrix)의 사운드를 예로 들었다. 보통은 그 기타리스트가 평소 애장하고 연주하던 기타와 동일하게 만들어 헌정하는 것으로 알려져 있었다. 그러나 중현은 펜더의 한 가지 모델을 오랫동안 사용하지 않았고, 연도별로 생산된 여러 스트랫을 사용했다. 새 앨범을 녹음하기 위해 당해연도의 새 기타를 샀다가 녹음을 마치면 동료나 아들에게 줘버리는 식이었다. 그런 까닭에 중현의 헌정 기타는 특정 연도의 기타가 아니라 중현이 요청한 사양을 바탕으로 제작되는 커스텀 기타였다.

중현은 지미 헨드릭스(Jimi Hendrix)가 한창 활동하던 60년대 말의 퍼지(fuzzy)한 사운드가 좋았다. 지미 헨드릭스는 요절해 버렸기 때문에 펜더의 스트랫을 헌정받을 수 없었다. 어쩌면 지미 헨드릭스를 대신해 기타를 헌정받는다고 중현은 생각하기도 했다. 추구했고 드러났던 음악세계야 두 사람이 완전히 달랐지만 전성기의 록음악과 그 사운드의 재현이라는 의미에서 중현은 살아남은 지미 헨드릭스일지도 몰랐다.

중현에게 있어 헌정 기타는 음악인생의 새로운 계기이면서 동기부여가 되었다. 펜더에서 기타를 헌정하겠다는 소식을 접한 후 얼마 지나지 않아 중현은 새로운 밴드를 만들겠다는 의지에 불탔다. 남은 인생을 다시 한번 불꽃과도 같은 록과 블루스로 채워볼 생각을 했던 것이다. 헌정 기타라는 음악인생에 대한 보답, 그 보답에 대한 보답은 역시 음악이라고 생각했다. 중현은 순수한 록을 구상했고 새로운 밴드를 고민했다.

중현은 당장에라도 오디션을 하고 싶었다. 새 기타는 새 음악에 담고, 새 음악은 새로운 사람들과 함께 하겠다고 중현은 다짐했다. 마음은 들떠 올랐지만 기타를 기다려 보기로 했다. 기타를 받기도 전에 오디션을 한다는 것이 께름칙했고 헌정 받을 기타의 소리가 아직은 상상 속에 있었기 때문이었다.

기타를 기다리던 날들이 쌓이고 마침내 중현은 헌정 기타를 받았다. 전달식의 하이라이트는 당연하게도 헌정된 기타가 처음으로 연주되는 순간이었다. 기타를 받아 든 중현은 앰프에 여결하지 않은 채 곧바로, 자신의 릭(lick)을 연주했다. 그것은 평생을 기타리스트로 살아온 사람의 자연스러운 행동이었다. 중현은 그렇게, 아주 잠시 기타를 만지듯 연주하고서야 기타의 외관을 이리저리 훑어보았다.

중현이 요청했던 그대로의 커스텀이었다. 기타는, 단단한 메이플 넥의 지판 위에 중현의 서명이 여러 프렛에 걸쳐 자개로 박혀 있었다. 중현을 향한 펜더사와 마스터빌더의 존중이 느껴졌다. 바디와 픽가드는 모두 검정색이었다. 데이비드 길모어(David Gilmore)가 사용하는 시그너쳐 스트랫의 컬러 배열과 비슷했다. 하지만 픽업은 달랐다. 전달식에 온 펜더사의 부사장은 그

픽업이 60년대 펜더가 생산한 싱글 코일이라고 말했다.

중현은 그제서야, 준비된 앰프에 기타를 연결했다. 블루지한 음계 몇 소절이 장내에 울려퍼졌다. 헌정 기타의 소리는 현재의 공간을 과거의 어디론가로 움직이는 마법의 주문처럼 들렸다. 연주를 멈춘 중현이 펜더의 관계자에게 영어로 말했다.

"이 스트랫은, ……마치 제가 살아온 세월 같습니다."

그런 다음 중현은 애틋한 눈길로 기타의 이곳저곳을 어루만지기 시작했다. 중현이, 닳은 듯 까진 기타 바디의 모서리를 쓰다듬자 펜더의 부사장이 정중하게 말했다.

"렐릭(relic)입니다, 선생님."

기타의 외관에도 시간이 묻어있었다. 기타를 만든 마스터빌더가 일부러 기타의 모서리를 닳게 하고, 기타 바디 곳곳 페인트를 벗겨, 시간을 덧칠해 놓은 것이었다. 자연스럽게 낡은 스트랫은 황홀하리만치 아름다웠다.

펜더사의 관계자들과 저녁을 먹을 때에도 중현은 온 신경이 기타에 가 있었다. 새롭게 만들 음악과 밴드를 곱씹듯 구상했고 인생의 마지막이 될지도 모를 새로운 앨범에도 생각이 미쳤다. 그런 중현의 생각을 펜더의 부사장이 축복해 주었다.

"이번 헌정 기타로 새 음반을 내주신다면 저희로서도 대단한 영광일 것입니다."

큰아들의 차로 용인의 연습실로 돌아온 중현은 역시 펜더가 만든 기타 앰프 트윈리버브(Twin Reverb)에 헌정 기타를 연결했다. 금세 조율을 했고 E 마이너 스케일로 자신만의 릭을 연주하기 시작했다. 그런 아버지의 모습을 보면서 기타리스트인 큰아들은 조용히 연습실의 문을 닫고 물러났다. 중현의 기타 소리는 점점 높아지고 있었다.

놀라웠다. 마스터빌더가 공들여 만든 기타는 한 음 한 음 튕기는 대로, 치는 그대로 소리로 만들어졌다. 피크의 재질까지도 구분해 소리가 만들어졌다. 중현 자신의 연주임에도 중현의 몸은 감동에 겨웠다. 중현의 블루스는 가야금과 거문고 산조의 가락과 닮아 구구절절한 멜로디와 단아한 음향이 뒤섞여 있었다. 세상을 다

살아버린 맹수의 한(恨)이 눈앞에 보이듯 느껴졌다. 중현의 연주는 고요한 듯 요동쳤다.

중현이 헌정 받은 기타를 품에 안고 고고하면서도 질펀한 블루스를 펼쳐내고 있을 무렵, 그는 중현으로부터 구십 킬로미터쯤 떨어진 동두천의 어느 외진 농가에서 늦은 저녁을 만들고 있었다.

목소리엔 반드시 힘이 필요했다. 그 힘이 있어야만 절제 또한 가능했다. 목소리에 힘을 주기 위해, 또 힘과 절제의 균형을 긴 시간 수련하기 위해 그는 좋은 음식을 먹으려고 했다.

그날은 도라지를 차로 끓여 밥과 함께 먹었다. 목에 좋다는 음식들, 그러니까 목소리에 좋으면서 싸고 쉽게 구할 수 있는 도라지나 무즙 같은 것을 그는 즐겨 먹었다.

저녁 식사를 마친 그는 집 앞에 내놓은 나무 의자에 앉아 명상을 했다. 명상을 마치고 그는 눈을 떴다. 그의 명상은 노래를 떨치기 위한 것이었다. 노래와 관련된 모든 것을 잊는 삼십여 분을 지나 그는 겨우 노래의 세계로 돌아오곤 했다. 노래를 잊어야 노래의 세계를 만

끽할 수 있다고 그는 믿었다. 명상이 두 시간을 넘는 경우도 있었는데 그렇게 되면 그는, 그대로 잠자리에 들었다.

눈을 뜬 그는 의자에서 천천히 일어나 '도' 음을 냈다. 길고 길게 도가 울려 퍼졌다. 도는 테두리를 가진 직선적인 음으로 시작해 옹골차게 소리를 확장해 갔다. 발성이 좋은 데다 목소리의 톤도 안정적이었다. 거기에 호흡까지 길어서 하나의 톤만 뽑아내도 한 곡의 노래처럼 들렸다. 하나의 음이 어떤 가치가 있다면 그는 톤의 변화를 통해 그것을 모두 들려주고 있었다.

하나의 음 속에서 그는, 어떤 환영과도 같은 기억을 떠올렸다. 학교에서 집으로 돌아오는 길, 저 멀었던 들판의 끝과 솟아오르다 내려앉은 밤 내음의 군락들, 그리고 어린 그의 얼굴이 보인다. 교복 상의를 고쳐 입고 공장으로 가던 날, 어머니가 싸 주신 도시락의 붉은 고구마가 입 속으로 들어온다. 그는 '도'를 멈춘다. '도' 속에 아버지의 눈이 보였다. 아버지의 눈은 사라지고 그 빈자리가 보였다. '레'가 보이기 시작한다. 노래를 불러야지, 노래를 불러야지. 아, 아, 아, 그는 노래를 부른다. '레' 속에서 노래를 부른다. '레'는 쉽게 멈추지 않는다. '레'는 즐겁다. 아버지도 어머니도 나도 가난하지만 '레'는 가난하지 않다. 그는 가난하지 않기로 다짐한다. 다짐하면서 '레'의 음높이를 거두어들인다.

학교를 졸업할 무렵 노래를 부르고 싶다는 그의 열망은 한계치에 다다랐다. 졸업 후, 그는 일상의 전체를 노래 부르는 것에 집중시켰다.

그는 보일러 수리공이었다. 기술을 익힌 번듯한 기술자였지만 웬만하면 다른 기술자를 돕는 역할을 했다. 책임이 무거운 돈벌이가 주업이 되면 노래 연습에 방해가 된다고 그는 생각했다. 일이 있을 때마다 불려가 보일러 수리를 돕는 일을, 그는 내심 좋아했다. 보일러실은 지신(地神)의 뱃속처럼 따뜻했다. 보일러실에 앉아 노래를 부르면 수련도 되지만 시름도 한 자락 내려놓을 수 있었다.

주업이 아니다보니 그는 차츰 하루를 벌어서 하루를 먹고 하루를 연습하는 처지가 되어갔다. 어떤 날은 일이 없었다. 일이 없다는 건 그날 그가 제대로 먹지 못한다는 뜻이기도 했다. 규칙적인 연습을 위해서는 그에게 일당을 주는, 자주 고장 나는 규칙적인 보일러가 필요했다. 그래도, 몇 날 며칠이 걸리는 새집의 공사는 피했다. 매일의 완전한 노래 연습이 그에게 철칙이었기 때문이었다.

중현은 그날 밤을 지나 새벽 동이 틀 때까지 기타를 내려놓지 못했다. 당장 새로운 멜로디가 떠오를 것만 같아서 기타를 내려놓을 수가 없었다. 밤새 안고 있던 기타를 가까스로 내려놓은 중현은, 밴드를 결성하기 위한 세부적인 스케줄을 만들었다. 그런 다음, 삼십 년 지기 프로모터에게 전화를 걸어 새로운 밴드와 새 앨범에 대해 의견을 교환했다. 통화의 말미에, 몇 번이고 했던 말을 중현은 다시 덧붙였다. 새롭게 만드는 이번 팀으로 여한 없는 마지막 앨범을 내고 싶다고.

중현은 음악적 방향성을 명확히 했다. 일단 새로운 밴드로 녹음할 앨범은 사실상 헌정 기타를 위한 앨범이 될 것이었다. 그가 긴 시간 추구해 왔던, 기타사운드를 중심에 두는 한국적인 블루스였다. 깊고 넓은 톤에 표현력이 즉물적인 헌정 기타의 사운드를 중현은 고스란히 표출하고 싶었다. 그래서 중현은, 자신은 기타에 집중하되 기타와 보컬이 서로 즉흥적으로 상호작용하는 음악적 방법론을 염두에 두었다. 아무튼, 기타에 집중하기로 한 이상 보컬리스트를 찾아야 했다.

우리나라에 주둔한 미국군대의 무대에 데뷔해 지금껏 온갖 세파를 거치면서, 결성하고 해체했던 밴드가 무려 열세 팀이었다. 헤아려보면 그중 아홉 팀에서 중현은 기타를 치면서 노래를 불렀다. 노래까지 부르면 직성이 풀리긴 했지만 전체적인 음악의 완성도에는 좋지 않은 영향을 미쳤다. 음악이라는 전체를 위해 중현은 이번 앨범만큼은 기타에 집중하기로 했다. 또 그렇게 하는 것이, 기타리스트를 넘어 뮤지션으로서의 본분에 맞다고 생각하기도 했다. 이제 남은 준비는, 밴드마스터로서 중현이 추구하는 예술적 방향에 보컬을 일치시키는 것이었다.

중현은 기교와 음악적 지식은 물론 문화적 식견까지 갖춘 보컬리스트를 수소문했다. 오래전 음악인생을 함께 했던 뮤지션들도 몇몇은 아직 활동하고 있었고 중현을 추종하는 젊은 무리도 적지 않았다. 중현은 우선, 자신이 직접 알고 있는 보컬리스트들의 목소리와 노래를 하나하나 떠올려보았다. 하지만 그 어떤 보컬리스트도 낙점할 수 없었다. 중현은, 새로운 보컬리스트를 발굴해야 한다고 생각했다.

그는 '미'를 마스터했다고, 신중하게 판단했다. 자신에 대한 판단은 그르칠 때가 있어서 신중에 신중을 기했다. 그가 수련을 시작한 지 약 15년 만의 일이었다. 그러니까 그는 하나의 음을 평균 5년 동안 연습한 셈이었다. 처음의 '도'는 길어서 5년이 넘게 걸렸지만 세 번째 '미'는 비교적 짧아서 4년 정도 걸렸다. 그는 '레'를 완성하던 순간을 떠올렸다. '레'를 마치고 '미'로 들어가고 '레'를 복습하다 '레'를 마스터한 것이 아니었구나, 놓친 부분이 있었다는 것을 발견했을 때의 낭패감을 그는 떠올렸다. 그러면서 '미'를 재점검했다. 다음은 '파'였다. 마침내 그는 반음의 영역에 들어오게 되었다.

그는 노래를 공부하는 데에 있어 자신만의 수련법에 안착했다. 노래를 부르는 것으로 인생 전체를 채우겠다고 마음먹은 순간으로부터 몇 년이 지나, 또 하나의 세부적이고 결정적인 다짐을 한 것이었다. 그때에도 그의 노래실력은 무대에서 현역으로 활동하는 웬만한 가수들보다 월등했다. 소질이 있었던 데다 노력을 멈추지 않는 인성을 가진 그였다. 그런 인성과 더불어 이 수련법은 그가 도달하고 싶은 노래를 위해서는 숙명적으로 필요했다.

이 수련법은 매우 독특했고, 독특한 만큼 간단했다. 음을 하나씩 하나씩 완전하게 마스터하는 방법이었다. 즉 '도'를 완전하게 마스터한 다음 '레'에 도전하고, '레'를 마스터하고 나서 '미'를 수련하는 식이었다. 어쩌면 누군가에게는 우스꽝스러울지 몰라도, 그는 이 방법을 예술가가 걸어야 할 정도(正道)로 받아들였다.

그는 고교시절 교내 밴드가 연주하는 음악을 듣고 노래의 매력에 빠졌다. 나중에 알게 된 사실이지만 교내 밴드 '라이온스'의 기타리스트는 중현의 차남이었고 부친의 곡을 종종 연주했다. 라이온스가 연주한 곡들 중에 그는 특히 '햇님'이라는 노래가 너무도 좋았다. 중현이 만들고 김정미가 레코드로 취입한 곡이었다. 그는 김정미의 목소리에 푹 빠졌다. 그는 김정미의 앨범을 구해 반복해서 그 노래를 들었다. 그러면서 자연스럽게 그 노래를 따라 불러보았다. 그는 자신의 목소리가 들을 만하다고 느꼈다. 그는, 어렵사리 또 다른 레코드들을 구해서 듣고 또 들었다.

그 십여 장의 플레이리스트에는 엘비스 프레슬리가 있었고 밥 딜런도 있었으며 비틀스도 있었다. 또 특이하게도 프랑스의 바리톤 제라르 수제(Gerard Souzay)도 있었다. 그 레코드에서 수제는 슈베르트의 가곡을 부르고 있었는데 그는 자신의 목소리가 수제의 슈베르트와 닮았다고 생각했다.

얼마 지나지 않아 그는 가수가 될 것을 다짐했다. 그저 다짐한 정도가 아니었다. '완벽한 노래를 부르겠다'는 목표를 설정했다. 하지만 안타깝게도 완벽한 노래가 어떤 노래인지 그는 도무지 알 수 없었다. 정진하다 보면 결국엔 도달할 거라고 막연하게 생각했을 뿐이었다.

다음 해 봄이 되었을 무렵, 중현의 새로운 밴드는 수십 번의 오디션을 거쳐 보컬리스트 외의 멤버를 모두 결정했다. 오디션이 진행되는 며칠을 일본의 한 방송사에서 취재해 가기도 했다. 50세의 베이시스트와 30대 중반의 드러머, 그 둘과 함께 몇 번의 합주를 했다. 그리고 중현은 그 사이 새로운 곡을 다섯 곡이나 썼다. 그리고 추가로 두 곡의 노랫말을 만들어 두었다. 중현은 편곡을 구상하는 과정에서 새 앨범에 하나의 방향성을 추가시켰다. 후주(後奏)로, 넘실대는 오케스트레이션을 배치하는 아이디어였다. 둔중한 블루스의 마무리를 깃털처럼 날리는 안개비의 분위기로 표현해내고 싶었다. 모든 것이 좋았고 순조로웠지만 보컬리스트는 여전히 선정하지 못하고 있었다.

여름에 들어서기 전에 중현은 보컬리스트를 결정하고 싶었다. 악기들의 합주로 어느 정도 호흡을 맞췄고 곡도 스케치가 돼 있어서 앨범을 위한 세션을 얼른 진행하고 싶었다. 중현은 결성된 멤버들과 함께 다시 보컬 오디션을 시작했다. 중현은 사실상 이 나라의 록음악을 대표하는 기타리스트이자 프로듀서였고 이 나라의 거의 모든 음악을 대표하는 뮤지션이었기 때문에, 신예 보컬리스트는 물론 한때 큰 인기를 누렸던 유명 보컬리스트들까지 오디션에 참가했다. 참가자에게는 스스로 선택한 곡 외에 중현이 최근에 작곡한 곡을 부르도록 했다. 모두가 초견에 부를 수는 없었기 때문에 미리 악보를 보내 멜로디를 익히도록 해 주었다.

오디션에 참가한 여자 보컬리스트도 제법 있었다. 그녀들은 대체로 중현이 발굴했던 김정미나 김추자의 스타일로 노래를 불렀다. 중현은, 김정미를 떠올리지 않을 수 없었다.

중현은 보컬리스트들의 목소리가 가지고 있는 가능성을 내다보기 위해 보컬의 기교라든가 감정의 발산보다는 발성의 힘과 톤에 귀를 기울였다. 결론적으로 대부분의 보컬리스트들이 노래는 잘 불렀다. 목소리도 좋았고 성량도 풍부했다. 그럼에도 몇 주째 중현의 마음에까지 들어간 목소리는 없었다. 열정이 흘러넘치는 노래들이었지만 노련한 보컬도 참신한 보컬도 발전 중인 보컬도, 중현의 마음 밖에서 노래하고 있을 뿐이었다.

중현이 바라는 노래는, 자신이 헌정받은 기타처럼 연주자의 마음이 그대로 물리적으로 표현되는 그런 노래였다. 그런 의미에서 중현의 오디션은 마음을 들여다보는 오디션일지도 몰랐다. 밴드의 다른 멤버들은, 이 오디션을 보컬리스트를 뽑는 오디션이 아니라 중현의 두 번째 악기를 뽑는 오디션으로 간주하면서 지친 기색을 드러냈다. 또 자신은 어떻게 뽑힐 수 있었는지, 자신들의 연주가 어떻게 중현의 마음으로 들어갈 수 있었는지 추적해보고 싶은 심정에 사로잡히기도 했다. 그만큼 오디션은 지리멸렬해지고 있었다.

그는 연이를 집으로 들어가지 못한 채 출장 수리를 가야 했다. 가을의 끝에서 겨울로 들어서는 환절기부터 일이 많아졌다. 전날은 동두천으로 퇴근하지 못한 채 보일러 수리 점포의 창고에서 잠을 잤다. 그런 까닭에 수련을 하지 못했다. 그날 저녁만큼은 반드시, 공들여 수련을 해야겠다고 그는 생각했다.

좁은 길을 들어가자 대문이 있고 대문을 열자 하숙집처럼 디귿자로 방이 많은 단층 건물이 있었다. 방들은 작은 정원을 둘러싸고 있었다. 오래전에 지어진 집이었다. 이 정도라면 나무를 떼는 화목(火木) 보일러부터 시작했을 거라고 그는 미루어 짐작했다. 정원의 가운데로 들어서자 젊은 청년이 뛰어나와 그를 보일러실로 안내했다. 정원을 가로질러 뒤꼍으로 가기 위해 기역자로 꺾이는 부분의 부엌을 넘었다. 부엌으로 들어가기 전 그는 머리칼이 하얀 노인이 방 창문을 열고 기타를 만지작거리는 것을 볼 수 있었다.

그는 한 시간째 보일러를 수리하는 중이었다. 그날만 해도 네 군데나 수리를 해야 했는데 혼자서는 첫 일부터 만만치 않았다. 함께 수리를 하고 일당을 주는 점포 주인이 암 진단을 받고 충격에 드러눕는 바람에 그는 혼자서 일을 해야만 했다. 주인의 아내가 애원하듯 부탁하지 않았다면 그는 노래 연습을 하기 위해 동두천의 집으로 돌아가버렸을 거였다.

그는 보일러실에 쭈그리고 앉아 문틈으로 젊은 새댁이 점심을 준비하는 모습을 훔쳐보며 수건으로 땀을 닦았다. 순간, 바람결에 기타 소리가 묻어왔다. 기타 소리는 잠시 멈췄다가 다시, 살포시 보일러실로 넘어왔다. 이 집에 들어올 때 봤던 그 노인이 치는 기타 소리가 틀림없었다. 게인이 살짝 걸려있었고 볼륨은 적절했다. 굉장히 좋은 소리라고 그는 생각했다. 그는 자기도 모르게 가락을 흥얼거렸다. 기타는 메이저 음계를 연주하고 있었고 그는 반주에 맞춰서 스캣 하듯 목소리를 내기 시작했다.

청명했다. 목소리가 내는 음의 끝이 담백하게 마무리되고 다음의 음이 시작되기까지의 시간은 마치, 작은 육면체의 공간처럼 느껴졌다. 그의 목소리는 쿠프랭의

성가를 부르듯 맑았고, 정악(正樂)인 양 고역은 단단했다. 한 번도 레슨을 받지 않은 목소리라면, 스스로 수련한 솜씨라면 누가 믿을까 싶었다.

기타 소리가 멈추고 그의 목소리도 잦아들었다. 그는 숨을 고르고 있었다. 잠시 후, 흰머리의 노인이 앞에 다가와 있었다. 키가 작고 몸집도 작은 그 노인은 중현이었다. 올려다봤을 때 그는, 그 노인이 중현인 줄 몰랐다. 다시 고개를 숙이면서, 저렇게 기타를 맛깔스럽게 친다면 그 유명한 기타리스트 중현일 수도 있겠단 생각을 얼핏 했다.

"좋은 목소리를 가지셨네요."

중현이 가볍고 따뜻한 목소리로 말을 건넸다. 그는 그렇게 중현과 처음 만났다.

며칠 후 그는, 중현의 용인 작업실에서 오디션에 임했다. 그가 등장하자 중현을 포함한 모두가 놀랐다. 그의 행색은 넝마와도 같았다. 벙거지를 벗자 장발 속의 숱이 드러났다. 숱은 적고 새치는 가득했다. 갈색의 코트는 낡았고 당장이라도 먼지들이 쏟아져 내릴 것 같았다. 무르팍이 튀어나오다 못해 돌출한 바지는 가관이었다. 오랜 수련 덕분인지 그의 눈빛만은 총총했다.

중현의 밴드는 그런 그를 음악적으로 알아볼 수 있었다. 목 성대의 실루엣을 보고 그가 바리톤의 음역대인 것을 알 수 있었고 그가 가진 아우라를 통해 대단한 보컬리스트일 거라고 예감했다.

중현의 밴드는 그와 함께 잼 세션을 하길 기대하고 있었지만 그는 밴드 없이 목소리로만 오디션을 보길 원했다. 중현이 허락했고 드디어 그가 목을 풀었다. 아니, 목을 푸는 줄 알았다. 목을 풀었건 노래를 불렀건 그의 몸에서 나오는 음향은, 지금껏 그 누구도 들어보지 못한 소리였다.

나무의 소리였다. 그리고 맑았다. 물의 흐름이었다. 소리의 시작도 소리의 마무리도 소리의 연결도, 듣는 이를 소스라치게 했다. 숲의 입구에 들어서서 숲길을 걷고 있다는 기분이 들었다. 긴 음은 유장한 것만으로도 하늘에 새겨진 길고 긴 궤적처럼 선명했다. 긴 음 속에는 힘과 절제가 공존하고 있었다. 이상하리만치 경건한 이 감동은 사역하던 목사가 산 너머에서 들려오는 비구니들의 예불소리를 듣고서 개종을 결심할 만큼의 역설이었다.

그의 음향이 열두 마디를 넘어서자 드러머가 하이햇을 두드리기 시작했다. 하이햇의 박자는 기계처럼 정확했다. 명 베이시스트가 플랫리스 베이스로 짧게 짧게 글리산도로 리듬을 쪼갰다. 그의 표정은 어린아이와 같았다. 몸으로 리듬을 느끼던 그는 서너 살 아이의 눈으로 중현을 쳐다보았다.

다시 열두 마디를 지나자 그는 도 레 미, 세 음의 옥타브를 넘나들기 시작했다. 한 옥타브 위의 세 음으로 다른 세상에 가 있는 듯한 리듬을 만들었다. 하이햇과 글리산도가 자세를 바꿨다. 중현의 기타는 영감 어린 톤으로 간단한 오블리가토를 덧붙였다. 중현은 눈을 감기 시작했고 그도 눈을 감았다. 그는, 지금 막 신이 내리고 있는 아기무당 같았다. 그가 다시 눈을 떴을 때 그의 표정은 기괴했다. 일그러진 그의 얼굴도 이 세상의 것이 아닌 듯 했다. 시선을 내리며 그가 목소리를, 노래를 멈췄다. 그의 표정은 다시 맑아졌고, 그때서야 숲의 출구까지 걸어온 것처럼 세상의 잡음이 다시 들려왔다.

그의 노래는 우직했다. 목을 푸는 것이라고 오해할 수밖에 없었던 것은, 그가 도부터 미까지 단 세 개의 음만으로 소리를 냈기 때문이었다. 물론 그 음들은 변조가 되면 다른 음가를 가지는 음들이었지만 그는 변조하지 않았다. 그가 가진 음은 단 세 개였기 때문이었다.

오디션은 그것으로 완성되었고 완결되었다. 중현은 한참만에 눈을 뜨고 그에게 다가가 그를 끌어안았고 그의 두 손을 자신의 품으로 가져와 악수를 나눴다.

타인의 시선에서 보자면, 노래를 선택한 순간부터 그의 삶은 망가지기 시작했다. 그의 수련은 그 누구에게도 이해되기 힘들었고 오직 그 자신에게만 옳았다. 놀랍게도 그를 이성으로 좋아하는 여자가 몇 있었지만 노래에 대한 그의 집요함을 알고 나서는 그로부터 멀어져 갔다. 반면 중현은, 만들고 싶은 음악을 원 없이 만드는 세월을 살아왔고 국내를 넘어 세계적으로 인정받았다. 세 명의 아들을 두었고, 셋 중 누구도 중현을 넘어서진 못했지만 각자 나름의 일가를 이루어 자존감이 넘쳤다. 중현과 그의 이러한 차이가, 이제 와서 둘을 가까스로 만나게 한 것인지도 몰랐다.

그는 스스로가 마스터했다고 판단한 음만으로 노래

부르길 고집했다. 그의 목소리를 담은 새로운 앨범을 만들기 위해 동분서주하던 중현은, 이런 상황을 진지하게 받아들였다. 중현에게 그의 불가사의한 고집은 그가 쏟아내는 세 가지 음만으로 충분히 감쇄되고도 남았기 때문이었다. 나아가 중현은, 드디어 불멸의 레코드를 남기게 될 것이라고 기대했다. 그의 음악 인생 전반을 보더라도 특별한 기대였다.

중현은 몇 번이고 산으로 들어갔다. 헌정 기타 한 대와 휴대용 녹음기를 든 채였다. 높은 암자의 깊은 요사체에서 중현은, 항상 기타를 안고 있었지만 소리를 내어 연주하지는 않았다. 중현은 날마다의 긴 명상을 통해 세 음으로만 구성된 멜로디를 만들고, 그것을 완전한 곡으로 만들기 위해 애를 썼다. 하지만 세 개의 음으로 새로운 세계를 만들 수는 있었지만 그렇게 만들어진 세계는 그 자신조차도 납득하기 어려웠다.

"음이 몇 개인지 중요하지 않소. ......다만 김형!"

중현은 목소리에 힘을 주었다. 중현은 자신이 무슨 말을 하려는지 정확히 알고 있었다. '자기 자신을 노래하지 말고 세상을 노래하시오'라고 중현은 말하고 싶었다. 하지만 중현은 입밖으로 소리내 말하지 못했다. 그의 노래는 영원히 그의 것이라는 것, 그의 노래는 그의 내부로부터 나온다는 것, 아니라면 그의 노래는 순수한 음 그 자체일 뿐이라는 것을 그 만큼이나 중현도 잘 알고 있었기 때문이었다.

세 개의 음으로만 된, 도레미로만 된 노래가 아니라면 노래를 부르지 않겠다는 그의 신념은 결국 관철되어 갔고 중현은 담백하게 결심했다. 그가 음계 모두를 마스터할 때까지 기다리기로 한 것이었다. 그가 가진 완고한 미적 신념은 쇤베르크(Arnold Schoenberg)가 가졌던 실험적 신념 따위는 가볍게 넘어설 정도로 신성불가침의 영역에 있었다. 그는 애원하듯 중현에게 말했다.

"선생님, 기다려주세요. 조금만 기다려주세요. 열심히 수련해서 일곱 개 음을 모두 마스터하겠습니다."

중현은 고개를 주억거리며 반응했다.

"기다리겠소. 김형!"

그의 수련 과정이 궁금했던 중현이 한번은, 동두천의 들판으로 찾아가 그를 만났다.

들판 한가운데 작은 집 허름한 방 안에서 무즙을 먹

고 있던 그는 중현의 손가락을 어루만지면서 말했다.

"선생님, 속도가 점점 빨라지고 있어요. 이제 '솔'입니다."

중현이 화답했다.

"나도 곡을 제법 많이 다듬었어요."

그는 중현에게 다정하게 말했다.

"선생님께서 기다려주시니 자신이 생기네요. 기어코 모든 음을 마스터할게요."

외신으로부터, 중현보다 몇 살 어린 에릭 클랩튼이 손가락이 마비되어 더 이상 기타를 치지 못하게 되었다는 소식이 전해졌다. 중현은 초조해졌다. 그를 제외한 나머지 두 명의 멤버와 미리 녹음을 할 계획도 세웠지만 밴드 구성원 상호 간의 인터플레이가 주는 텐션 없는 음악은 생동감이 없을 것임을 중현은 잘 알고 있었다.

그렇게 또 한 해가 지났다. 그는 지독한 수련을 통해 마지막 음 '시'를 수련하고 있었다. 그때 음악적 사건이 일어났다. 그의 죽음이었다.

그는 오랜만에 보일러 수리를 나갔다 돌아오는 길

에 십 대 후반의 어린 래퍼가 몰던 차에 받혀 숨을 거두고 말았다. 래퍼는 술에 취해 노래를 부르며 차를 몰고 뺑소니를 쳤다. 도로 한가운데 덩그러니 남겨진 그의 음악인생에는 불빛 한점 비치지 않았다. 동이 트자 운행을 시작한 마을버스 기사가 그를 발견해 신고했다.

중현은 정신없이 병원으로 달려갔다. 차가운 영안실에 누워있는 그를 보는 순간, 사위가 고요해지고 중현은 차분해졌다. 그의 손을 잡고 한참을 멍하니 서 있던 중현은 문득, 그의 목을 내려다 보았다. 그의 목은 마치 쪼개진 장작처럼 보였다.

언젠가 휘갈겨 써 둔 그의 유서 아닌 유서에는 중현에게 전하는 말들이 몇 가지 적혀 있었다. 그 가운데 특히 눈에 띄는 구절이 있었다.

선생님, 노래가 삶을 만들거나 삶이 노래를 하는 것이 아니었어요. 살아있는 것이 곧 노래라는 생각이 들었어요. 우린 노래 한 곡 부르고 가는 거예요. 그런데 요즘 들어 노래를 다 불러버린 생각이 들어요.

Broken bicycles, old busted chains
With rusted handle bars, out in the rain
Somebody must have an orphanage for
All these things that nobody wants any more
September's reminding July
It's time to be saying goodbye
Summer is gone, but our love will remain
Like old broken bicycles out in the rain

Broken bicycles, don't tell my folks
There's all those playing cards pinned to the spokes
Laid down like skeletons out on the lawn
The wheels won't turn when the other has gone
The seasons can turn on a dime
Somehow I forget every time
For all the things that you've given me will always stay
Broken, but I'll never throw them away

- Tom Waits

브로큰 바이씨클

진용은 성인용 자전거를 가지고 싶었다.

같은 또래 아이들 중 반 이상이 어른들이 타는 자전거를 타고 있거나 가지고 싶어 했다. 대도시는 당연히 아니고 농촌이라고 하기에도 좀 뭣한 K읍에서는 그랬다. 어린이용 자전거와 성인용 일반 자전거 외에 어중간한 크기의 청소년용 자전거는 쉽게 찾아볼 수 없기도 했다. 말하자면, 1980년대의 청소년은 상업적으로 도무지 주목받지 못했다.

진용은 초등학교 4학년이었다. 4학년부터는 중학생들이 노는 양, 중학생을 따르는 풍조가 강했다. 중학생들은 당연하게도 성인용 자전거를 탔다. 그러니까 담배를 피우거나 술을 마시는, 혹은 두 가지를 모두 하는 중학생의 총합만큼의 비중이 어른 자전거를 탔다. 합집합의 수와 교집합의 수가 엇비슷하기도 했다. K읍에서는 그랬다.

나이에 맞게만 키가 자란 아이들이나 나이보다 키가 덜 자란 아이들은 독특한 방식으로 성인용 자전거를 탔다. 자전거 옆에 서서 핸들을 잡고 오른발을 왼쪽 페달에 올린 다음 왼발로 땅을 박차고 출발한다. 그렇게 옆에 서서 자전거를 출발시킨 다음 어느 정도 속도가 붙으면 왼쪽 페달에 왼발도 같이 디디고, 드디어 오른발을 오른쪽 페달에 가져다 놓는다. 왼쪽 페달에 두 발이 모두 모였다가 왼발은 왼쪽 페달로 오른발은 오른쪽 페달로 가는 이 과정에서 자전거를 타는 아이가 안장에 앉는 동작이 이루어진다. 연상해 보면 기괴한 동작이지만 우아하진 못했어도 야무져 보이긴 했다.

키가 덜 자란 아이의 경우, 페달이 지면에 가장 가까웠을 때 발바닥과 페달이 떨어지게 되면서 그 해 1984년 LA올림픽 육상 멀리뛰기 종목에서 미국 선수 칼 루이스(Carl Lewis)가 선보였던 허공을 걷는 자세를 취했다. 멀리서 보면 그렇게 보일 때가 있었다. 물론 여러 걸음을 허공에 딛는 칼 루이스와 양쪽 발을 번갈아 허공에 딛는 아이의 모습이 다르기는 했지만 말이다.

허공을 딛는 발이 신은 운동화를 보면, 왜 아이들이 성인용 자전거를 타게 되었는지 미루어 짐작할 수 있다. 우선, 아이들의 운동화는 크게 세 가지 부류로 나뉜다. 첫 번째 부류는 '발 크기에 잘 맞거나 딱 맞는 운동화'로 별다른 문제가 없다. 두 번째 부류는 발가락이 양

말을 뚫고 나오듯 운동화를 뚫고 나온 케이스다. 이 부류는 아이들의 발이 재빠르게 자란다는 것을 말해준다. 다시 말해 운동화를 살 때 발 크기에 맞는 운동화를 샀던 부류다. 첫 번째 부류가 대부분 두 번째 부류로 진행된다. 세 번째 부류는 경제심리학적 이슈로 볼 수 있다. 바로, 헐거운 운동화다. 아이의 발이 급속하게 자란다는 것을 인지한 부모는 '내년까진 신어야지'라는 주변 어머니들의 유행어를 신봉하게 되면서 한두 사이즈가 더 큰 운동화를 아이에게 사 신겼다. 세 번째 부류인 이 헐렁한 운동화에는 운동화를 경제성의 잣대로 판단하는 어머니들의 심리가 들어있고, 이러한 심리는 고스란히 자전거로 옮겨갔다.

5천 원짜리 '까발로'나 '타이거'를 사줄까, 두 배 가까이 비싼 '프로스펙스'를 사줄까, 그것도 아니면 근래 한 반에 서너 명 정도가 신고 다닌다는 '나이키'나 '아식스'를 사줄까 고민하는 어머니들도 있었다. 하지만 그들 역시 '내년까진 신어야지'하는 생각에는 상당히 공감하고 있었던 것 같다. 그러니 경제적 여유가 있든 없든 커 가는 아이에게 성인용 자전거를 사 주는 것은 K읍민들의 일반적인 공감대였다.

아이들이야 자전거를 가지고 싶은 생각이 우선하니 성인용 자전거를 나이답지 않게 넉넉한 마음으로 받아들였다. 진용은 특히, 막내다 보니 내리 물림 될 것 같은 어중간한 형의 자전거를 어떻게든 피하고자 하는 생각에 조건 없이 부모의 결정에 따랐다.

몇 달의 논의와 숙고 끝에 진용의 부모는 '아는 사람'을 통해 조금이라도 더 저렴하게 자전거를 구입할 방법을 찾아내려고 했다. 요컨대 진용의 부모는 새것 같은 중고자전거를 수소문했다.

찾아낸 '아는 사람'은 진용의 큰고모부였다. 큰고모부는 K읍을 잘 알았다. 큰고모는 진용이 다니는 초등학교 앞 건물 1층에서 분식점을 운영했고 나중에는 같은 자리에서 식당을 운영했다. 분식점 시절 진용은 떡볶이를 먹으러 고모네 가게에 간 적이 있었다. 십 원에 하나씩 먹는 그 떡볶이를 두 개 먹을 때까지 고모는 진용을 알아보지 못했다. 진용의 고모는 지독한 근시였기 때문이었다. 그러고도 음식을 맛있게 만드는 걸 보면 놀라웠다.

고모부는 번듯한 키에 기골에서 격식이 느껴지는 사람이었다. 그는 농업학교를 나왔고 당시 꽤나 평판이 좋은 종묘회사에 다녔다. 하지만 자신보다 나이 어린 사장과 마음이 맞지 않아 회사를 그만둔 후 다시는 직장에 취업하지 않았다. 고모가 분식점을 식당으로 바꿔 열고 몇 년 지났을 무렵 그는 식당의 문을 비롯해 식당 내부 곳곳에 '평화민주당'의 포스터를 붙였다. 나중에는 식당 밖까지 샛노랑으로 컬러 커뮤니케이션을 했고 당 총재 DJ의 사진을 붙였으며 당 지부의 명패를 음각으로 새겨 식당이름 위에 덮어 내걸었다. '평화민주당 K지구당 사무소', 그렇게 식당은 식당 겸 지역구 사무소가 되었다. 이른바 TK의 중심인 대구 옆 K읍에서 호남 정당의 기치를 올린다는 것은 누가 봐도 무모했다. 진용의 큰고모부는 그런 사람이었다.

진용의 아버지는 맏이였다. 아래로 형제가 셋, 자매가 셋이었다. 큰고모는 아버지 바로 아래의 여동생이었다. 집성촌에서 자란 진용의 아버지는 공무원이 되었다. 그는 본래 중등학교 교사가 장래의 꿈이었다. 집성촌 종가의 장남이었던 진용 부친의 꿈은 결과적으로 망가졌다. 한두 살 밖에 차이 나지 않은 그의 숙부, 그러니까 진용의 작은할아버지가 그를 대신해 종가의 지원을 받아 대학에 들어갔다. 대학 대신 군대를 갔던 진용의 아버지는 제대 후 곧바로 공무원이 되었고 그 무렵 진용의 어머니를 만났다. 그 어머니가 서른 살 되었을 때 둘째 진용을 낳았다.

진용의 기억 속에 자전거와 관련된 아버지의 모습은 두 가지가 있었다. 첫 번째 기억은 진용의 형인 효용의 자전거와 관련된 기억이다. 진용의 경우와 마찬가지로 효용의 자전거를 살 때에도 아버지는 '아는 곳'을 활용했다. K읍 이전에 살던 본적지 대구 동구의 자전거포에서 자전거를 사서는 버스로 30분 이상 걸리던 K읍까지, 효용과 아버지는 자전거를 함께 타거나 번갈아 타면서 자전거를 사 왔다. 자전거를 버스에 싣는다는 생각은 못하던 시절이었다. 더군다나 그 자전거는 아동용 자전거였다. 양복을 입은 아버지와 반바지를 입은 아들 효용은 먼지나는 길을 최소 한 시간 이상 어린이용 자전거를 함께 타고 주파했던 것이다. 진용은 자라면서 그 얘기를 형으로부터 몇 번이고 들은 적이 있었다.

두 번째 기억은 더 오래전이지만 진용과 직접적인 것이었다. 진용의 할아버지도 이 기억 속에 등장한다.

어렴풋이 남아있는 그 기억은 사과향처럼 풋풋하다. 젊은 아버지는 어느 날 자전거에 진용을 태운다. 자전거의 뒷자리가 아니라 핸들바와 안장 사이에 달아 놓은 빨간색 유아용 안장에 진용을 앉혔다. 뒷자리에는 큰 양은 냄비 하나가 굵은 고무줄로 묶여 있었다. 그날의 공기는 말 그대로 포근했다. 아버지는 집에서 출발해 논과 밭 사잇길로 나가서, 한때는 진용의 할아버지 소유였던 사과밭 사이로 자전거를 몰았다. 과수원을 지나 주택가로 들어섰다 저탄장 앞을 가로질렀다. 아버지는, 아버지의 아버지를 위해 염소탕을 사러 가는 길이었다. 아버지는 그렇게, 오랜만의 일요일 휴식을 할아버지를 위해 자전거를 탔다.

훗날 진용은 길가에 세워진 구식 성인용 자전거를 봤을 때 그날을 떠올렸다. 아버지의 자전거에 앉은 기억이 기록으로 남지 않았던 것을 아쉽게 생각하지는 않았다. 기억이란 기억 그 자체로 좋은 것이라 여겼다.

5학년의 가을이 깊어 갈 무렵 진용은 큰고모부를 대동하고 어머니와 함께 드디어 자전거를 사러 갔다. '아는 사람'을 수소문하기 시작하고 지난 시간만큼이나 자전거포는 먼 곳에 있었다. 큰고모부는 그곳 자전거포 주인과 오랜 친구였다.

"퍼뜩 오소! 아지매."

몇 번의 무단횡단과 두세 개의 교차로를 건너면서 앞장선 고모부는 몇 번이고 서두르자고 말했다. 셋이 허름한 자전거포에 도착하기 위해 마지막 도로를 건널 때 맞은편에서 진용의 같은 반 여자아이가 다가왔다. 진용과 여자아이는 조우했고 아는 척도 아니고 모르는 척도 아닌 표정으로 서로를 지나쳤다.

대로변에 있던 자전거포의 주인은 대로변 답지 않은 행색이었지만 자신이 팔 중고 자전거를 정말 새것처럼 닦고 손질해 두었다. 고모부는 만족스러운 표정을 지으며 진용의 어머니에게 말했다.

"깎아놓은 값이니까, 요 값 그대로 다 주소고마."

값을 치르고 자전거포에서 자전거를 인계 받은 진용은 자전거를 타지 않고 핸들을 잡고 조심스럽게 끌고 갔다. 자전거와 함께 세 사람은 작은 골목에 들어섰다.

"야야, 타 봐라! 얼른."

어머니 얼굴에는 평소에 있던 걱정이 사라져 있었다. 진용은 친구의 자전거로 수없이 연습한대로 우아하게 자전거 안장에 앉아 칼 루이스의 주법을 선보였다.

"너거 아부지가? 맞제? 어제 그……"

자전거를 가지게 된 이튿날, 자전거포 앞 횡단보도에서 마주쳤던 향진이 물었다. 물었다기보단, 확인 후의 감탄사였다. 고모부와 진용은 인상부터 닮지 않았지만 말이다.

"어…… 와?"

진용은 그렇게만 말하고 말았다.

며칠 뒤 일요일, 진용은 아버지와 시장 골목 안에 있던 목욕탕에 갔다 돌아오는 길에 골목 입구에서 향진과 또 한 번 마주쳤다. 진용의 아버지가 먼저 지나쳐가자 향진은 가던 길을 멈추고 진용에게 다가와 물었다.

"저어는 누고?"

"……고모부다." 진용이 말하고 아버지의 뒤를 따라 뛰어갔다. 가다 말고 걸음을 늦췄다. 몇 발자국 거리를 두고, 진용은 자신의 아버지 뒤를 따라갔다. 골목 끝에서 진용이 뒤를 돌아봤을 때, 향진은 이미 반대쪽 골목 끝을 돌아가서 보이지 않았다.

진용의 할아버지도 그랬지만 진용의 아버지도 민머

리였다. 정수리까지 머리털이 없는 전형적인 대머리였다. 사십 대 중반이었지만 얼핏 봐도 자세히 들여다봐도 오십 대로 비쳤다. 진용은 언젠가 아버지의 젊은 시절, 어머니와의 신혼여행 사진을 보고서 감탄한 적이 있었다. 올백으로 빗어 넘긴 아버지의 머리칼은 록 허드슨(Rock Hudson)처럼 느끼하지 않았다. 사진의 배경이 되었던 당시의 해운대 백사장만큼 쿨했다. 아버지는 완전한 민머리가 아니었는데 진용은 외려 그게 더 싫었다. 차라리 스님처럼 빡빡 밀고나 말지, 하곤 했다. 아무렇게나 쓸어 넘겨도 멋있는 고모부의 머리칼이 진용은 부러웠다. 진용은 괜스레 아버지에게 미안한 생각이 들었지만 시간이 지나자 말끔히 잊어버렸다.

새것 같은 중고 자전거는 나사들이 조금씩 풀리긴 했지만 탯줄(체인)이 빠지는 일은 없었다. 진용은 그 독특한 방식으로 자전거에 올라타고는 제법 멀리 있는 대학교까지 갔다 오기도 했다. 그곳엔 크게 움푹 파 놓은, 롤러코스터의 실루엣 같은 아스팔트 길이 있었다. 내리막의 강력한 추진력으로 다시 올라오는 재미가 쏠쏠했다. 진용이 가는 곳이면 자전거가 갔고, 자전거가 가는 곳이면 진용이 갔다.

진용이 고모부와 함께 자전거를 사 온 지 삼 주 정도가 지난 어느 날이었다. 학교에서 돌아온 진용은 마당 한편에 세워 뒀던 자전거가 없는 것을 보고 깜짝 놀랐다. 집안으로 들어가 어머니를 찾았지만 그날따라 어머니도 없어서 진용은 도대체 자전거가 어디로 갔는지 걱정이 되어 망연자실했다. 그때 골목에서 집의 입구로 깔린 블록들을 밟으며 진용의 어머니가 집으로 들어오고 있었다. 진용은 울고 싶은 심정으로 어머니에게 자전거의 향방을 물었다.

"니가 자물쇠로 채아논 자전차가 어데로 가겠노? 가가 발이 달릿으면 또 모르지만…"

퍼뜩 정신이 든 진용은 자전거 열쇠를 확인하기 위해 방으로 들어갔다. 형 효용과 함께 쓰는 방에 진용이 따로 쓰는 책상이 있었고, 진용은 그 책상 서랍 속에 열쇠를 넣어 두고는 했다. 열쇠가 없었다. '아뿔싸! 형이 타고 갔구나', 진용은 그제야 몇 달 전 효용이 아버지와 함께 타면서 사 왔던, 이제는 진용에게조차 앙증맞은 그 어린이용 자전거를 잃어버린 것이 떠올랐다.

'형이 오늘 자전거가 필요했구나' 생각했지만 불안

하고 허전한 마음은 어쩔 수 없었다. 진용은 동네를 어슬렁거리며 형이 돌아오기를 기다렸다. 한저녁이 되었지만 효용은 돌아오지 않았다.

"말은 하고 타고 나갔어야지."

그 사이 진용은 퇴근한 아버지에게 형의 행실을 하소연했다. 밤 열 시가 넘어서야 효용은 터벅터벅 걸어 마당으로 들어왔다. 세상에! 효용은 자전거 없이 혼자서 걸어 들어왔다.

"내 자전거! 내 자전거는?"

진용은 곧장 소리를 지르며 형에게 달려들었다.

"미안하이 되었다. 학교 운동장에 세아놨는데 없는 기라…… 여태 찾으러 댕깄다아이가. 어예 암만 찾아도 없다. 내 진짜 미안하게 됐다."

진용은 눈앞이 깜깜해졌다.

"미안하면 다가? 다가? 으?"

효용은 그날 일찍 수업이 끝나서 친구들과 야구시합을 하기로 하고 집으로 글러브를 가지러 와서는 시합에 늦지 않으려고 진용의 자전거를 타고 갔다. 한데 야구시합이 끝나고 운동장 농구골대 기둥에 자전거용 자물쇠로 채워 놨던 자전거가 없어진 것을 알았다. 학교

곳곳을 찾아보고 길 건너 여중까지 가서 찾아보았다. 심지어 집으로 돌아오면서 고모부까지 만나서 진용의 자전거를 보았냐고 물어보기까지 했다.

   그렇게 진용의 자전거는 사라졌다.

   그 자전거를 다시 본 건 사라진 날로부터 대략 한 달이 지나서였다. 진용의 친구 상배가 진용의 집에 와서 한참 딱지를 치며 놀다가 뜬금없이 진용의 자전거 얘기를 꺼냈다.

   "니 자전거랑 똑같은 자전거를 봤다아이가! 설마 니 자전거는 아이겠째?"

   "언제? 어데서 봤는데?" 진용이 물었다.

   "어제아래, 저어기!"

   상배가 대문 밖 길너머를 가리키며 말했다.

   "그거를 인자 캐주면 우야노!"

   상배 얘기에 의하면 길 건너 있는 아파트에서 또래의 아이가 진용의 자전거와 똑같은 자전거를 타더라는 거였다. 진용의 자전거는 중고 자전거에다 새 부품들을 조합해서, 자전거 자체가 특이하다기 보단 외형이 흔치 않은 자전거였다.

상배는 때마침 자신의 형인 창배와 함께 있었는데 창배 또한 효용이 야구시합을 하던 날 같이 야구를 했던 만큼 한 달 만에 발견된 진용의 자전거에 관심을 가졌다. 상배와 창배는 일단 자전거를 타는 아이의 집이 어딘지 함께 알아내기로 하고 그 아이의 뒤를 쫓으려 했다. 그런데 그럴 것도 없었던 것이, 그 아이가 그 아파트 3동의 첫 번째 출입구 1층 계단 난간에 자전거를 묶어 두고 계단을 올라가더라는 것이다. 또, 한참을 지나도 그 아이는 다시 내려오지 않더라는 얘기였다. 그러니까 그 출입구에 있는 열 가구 중 하나가 그 아이의 집이라는 얘기였다.

진용에게 그 아이의 집이 중요한 건 아니었다. 그 자전거가 어디에 있는가, 하는 것이 중요했다. 뭐, 매한가지이긴 하지만. 상배의 얘기를 듣자마자 진용은 상배의 손을 끌고 대문 밖으로 나가려고 했다.

"아까도 너거집 오면서 봤는데, 거 있더라. 자, 중요한 거는 일단 니꺼가 맞는지 확인하는 기다. 근데 그기 니꺼가 맞다고 치자. 근데 그라고 음...... 금마 아버지가 경찰이다. 형사 말이다. 금마가 지꺼라고 빡빡 우길 껀데 어예 어른들하고 의논을 좀 해가, 덤비야 안 되겠나?"

"됐다, 고마!"

진용은 상배의 손을 끌고 아파트로 뛰어갔다. 진용은 3동을 찾자마자 3동 입구로 가서 자전거를 확인했다. 틀림없이 진용의 자전거였다. 반짝였던 뒷덮개는 여전히 반짝였다. 긁힌 자국도 없이 진용이, 아니 효용이 잃어버렸을 때 그대로였다. 진용은 당장 자신의 자전거를 타고 집으로 돌아가고 싶었다. 그런데 진용의 자전거엔 진용의 자물쇠가 아닌 처음 보는 자물쇠가, 더 굵은 케이블을 묶은 채 채워져 있었다.

"이자부터 장기전이 될 수도 있는 기라. 일단 집에 가서 너거 아부지한테 야네 아부지 만나가 돌리돌라 카는기 맞다."

당시 그 동네에선 흔치 않던 맞벌이 부부의 독립심 강한 둘째인 상배는 이런 일에 현명했다. 진용은 이를 악물고 집으로 돌아왔다.

"니끼 맞더나?"

진용의 아버지가 진용에게 다짐받듯 물었다. 진용은 아버지가 퇴근하기를 기다려 저녁을 먹는 아버지에게 자전거 얘기를 했다. 아버지가 말했다.

"일요일날 가보자!"

진용은 실망했다. 일요일이라니. 오늘이 수요일인데 일요일이라니.

"그래, 며칠만 지나믄 일요일아이가. 그때 가가 잘 얘기해 가꼬…"

진용의 어머니도 아버지의 의견을 따랐다.

마침내 일요일이 되었고 진용은 아버지와 함께 자전거 도둑의 집을 찾아갔다. 그간의 정보에 의하면, 그 아이는 301호에 살았고 전학 온 지 한 학기가 채 되지 않았다. 진용의 아버지가 초인종을 누르고, 진용이 낯선 그 아이의 이름을 불렀다. 그 아이의 아버지인 듯한 사람이 문을 열어주었다. 그 아이는 집에 없었다.

"무슨 일이지요?"

얼굴이 까무잡잡한 도둑 집안의 가장은, 진용을 상대하지 않고 진용의 아버지를 보며 차분하게 물었다.

진용의 아버지는 웃는 얼굴로 말했다.

"뭐 좀 물어보려고 왔심더. 이 집 아가 타는 자전거 말입니더. 그기……"

진용의 아버지는 현관문 안으로는 들어서지 않고 문 앞에 서서 얘기를 했다. 진용은 두 어른의 대화가 시작되자 1층으로 내려와 계단 난간에 묶여 있는 자전거를 살폈다. 자전거 톱니 덮개의 노란색 라인은 그 자전거가 결단코 진용의 것이라 말하고 있었다. 그 순간 진용은 이상하게도, 아버지가 자전거를 되찾지 못할 수도 있다는 불안감에 휩싸였다.

진용 부자는 타박타박 걸어 길 건너 집으로 돌아왔다. 진용의 아버지는 입맛을 다시며 걸었다. 아버지는 아무말도 하지 않았고, 진용은 아무것도 묻지 않았다. 집으로 돌아온 진용의 아버지는 곧장 TV를 켜 전국노래자랑을 보았다. 그날따라 노란색 컬러를 강점으로 삼은 아남 TV의 노란색이 다른 날보다 더 또렷하게 눈에 들어온다고 진용은 생각했다.

저녁이 되어 아버지가 들려준 얘기에 의하면, 일단 까무잡잡한 그 사람은 K경찰서의 형사가 맞았다. 그 자전거는 분실 습득물로 경찰서 한켠에서 무려 한 달 동안 주인을 기다렸다고 했다. 주인이 나타나지 않는 자전거는 경찰서 내규에 따라 경찰서에서 일하는 사람들이 가져간다고 했다. 자신의 아이는 그런 이유로 그 자전거를 타게 되었다고 했다.

"왜 형사가 가져가죠? 그리고! 그리고! 주인이 나타났으니 주인에게 돌려줘야죠."

진용은 자기도 모르게 서울말을 흉내내며 묻고 따졌다. 진용의 아버지는 아홉 시 뉴스의 볼륨을 높였다. 아버지처럼 민머리의 대통령이 TV 화면에 등장했다. 대통령은 찬장에 있는 시바스리갈의 빛깔과 비슷한 갈색 양복을 입고 호탕하게 웃고 있었다. 진용은 울 듯 말 듯했지만 아버지의 얼굴에는 아무런 표정이 없었다.

"잊아뿌라. 우야노, 법이 그러타카는데."

잠시 후, 아버지는 TV를 끄고 누워서는 이불을 끌어올려 얼굴까지 덮어썼다. 진용은 아버지의 코 고는 소리를 들으며 자신의 자전거를 머릿속에서 지우기 위해 애를 썼다.

그래 자전거는 부서져 버린 거야, 부서진 채로 발견된 거지. 완전히 부서진 채로.

언젠가부터 굴드(Glenn Gould)는 스튜디오에서만 피아노를 연주했다. 하지만 내게 글렌 굴드 최고의 레코드는 잘츠부르크에서의 골드베르크였다. 굴드가 청중 앞에서 연주하는 골드베르크는 스튜디오에서의 그것들보다 아름다웠다. 청중 앞에서 무너져가는 (무엇이 무너져가는지는 관점에 따라 다르다.) 굴드의 바흐는 그로 하여금 완벽주의를 결심케 했을 것이다. 뜬금없지만 솔직히, 굴드의 연주보다는 굴드의 삶이 조금 더 아름답다. 아리아는 물론이고 서른 개의 변주를 모두 합해도, 삶은 대체로 음악보다 아름답다.

1

 글렌 굴드(Glenn Gould)는 늘 자신의 스타인웨이(Steinway & Sons)와 함께 연주여행을 다녔다. 이 거대하고도 미묘한 콘서트용 피아노는 배와 자동차, 비행기에 실려 주인과 함께 세계의 수많은 공연장을 누볐다. 굴드의 연주여행에는 이 스타인웨이 외에도 별도로 고용한 당대 최고의 조율사가 따라다니곤 했다. 콘서트 전날 밤이 되면 피아노의 물리적인 속성을 빠짐없이 알고 있던 굴드와 조율사는 스타인웨이를 완전히 분해했다 다시 조립하기도 했다. 굴드는 음의 높낮이를 정확하게 조율하는 것에 만족하지 않고, 자신의 독특한 연주방식과 연주할 작품에 맞추어 또 자신의 컨디션에 따라 피아노의 기계적인 성격들마저 조율해버리곤 했다. 콘서트 직전에 이르면 굴드는 손가락의 마디마디까지 조율하기 위해 뜨거운 물에 손을 담갔고, 손의 관절들이 충분히 유연해졌을 때를 기다려 자신이 무대에 오르는 것을 허락했다.

 굴드는 데뷔한 이래 줄곧 주목받는 피아니스트였으므로 그가 지구의 반대편까지 자신의 피아노를 대동한 채 연주여행을 다닌다거나 별도의 조율사가 연주여행에 동행한다는 사실은 그의 예민함에 대한 증거로써 널리 회자되었다. 그것이 예민함 때문인지 아니면 예술적 표현을 위한 것인지 그는 단 한 번도 생각해 본 적이 없었다. 다만 굴드는, 자신의 스타인웨이와 함께 할 수 있다는 것에 만족했고 그러는 동안 지독한 관심과도 함께 했다.

2

    회사가 이전하는 날 아침에서야 그 건물을 처음 보았다. 뵈, 레, 아, 삘, 딩 - 건물의 입구를 장식하는 대리석 아치 위에 유려하지 못한 두꺼운 명조로 큼직하게 검은색 다섯 글자가 박혀 있었다. 건물이 있는 거리는 80년대에 융성한 대학가였다는데, 대학들이 하나 둘 지방으로 옮겨간 탓인지 풀 죽은 모습이 역력했다. 거리에는 다세대 주택을 개조해서 만든 교회, 유행을 좇지 못한 꾀죄죄한 맥줏집, 그네가 망가진 한적한 놀이터가 있었고 거리 맨 끝에는 두 곳의 허름한 자동차 정비소가 나란히 붙어있었다. 그리고 밀교의 십자가로 통할 것만 같은 전봇대가 촘촘히 서 있는 것이 퍽 인상 깊었다.

거리의 역사와 함께 했다는 뵈레아빌딩은 그 거리에서만큼은 단연 돋보였다. 5층짜리 건물 치고는 두드러지게 높았고, 몇 년 전 보수되었다는 외관은 국적을 알 수 없는 어정쩡한 것이긴 했지만 나름의 고풍스러움이 미워 보이지 않았다. 그 건물은 오랜 시간이 부여한 의젓함과 두터운 층위를 가진 비밀스러움을 함께 지니고 있는 것만 같았다. 화방이 들어선 1층만큼은 연두색 타일이 외벽을 치장하고 있어 현대적인 느낌을 주고 있었고, 무역회사가 입주해 있는 2층과 3층에는 두 개씩 테라스가 딸려있었는데 그 테라스들이 건물의 전체적인 이미지를 결정짓고 있었다. 긴 테라스에 부조로 형상화된 장미넝쿨은 비록 철근과 시멘트로 만들어지긴 했지만 제법 정교해서 그다지 조잡해 보이지 않았다. 4층과 맨 위층인 5층, 다른 층보다 천장이 높아 보이는 두 개 층이 회사가 이전할 곳이었다.

직원들은 이삿짐이 든 박스를 든 채 건물 입구에서부터 수군거리고 있었다. 짐을 빼곡히 실은 낡은 엘리베이터를 올려 보내고 나서야 그 수군거리던 소리가 분명해졌다. 직원 하나가 오래전 그 건물에서 '7인의 사무라이'를 보았다고 말하고 있었고 나이든 축들이 맞장구를 치고 있었다. 그들은 예술영화나 상영이 금지된 영화 따위를 상영하던 작은 극장으로 뵈레아빌딩을 기억하고 있었다. 비교적 젊은 몇몇의 기억은 달랐다. 그들의 과거 속 뵈레아빌딩은 잘 나가던 미술학원이 몰려 있던 건물이었다. 학원비가 비쌌던 탓에 그 건물에 있던 학원 대신 외진 곳의 허름한 학원을 다녔다는 이야기, 또 당시 그 건물의 한 학원에서 데생을 가르치던 여대생이 얼마 전 파리에서 죽은 유명화가라는 이야기 같은 것들이 오갔다. 시끌벅적하던 참에 엘리베이터가 다시 내려왔다. 뒤늦게 도착한 김이사가 먼저 엘리베이터로 발걸음을 옮기면서 건물의 주인이 사장의 새로운 아내라고, 알고들 있으라는 듯 뇌까렸다. 갑자기 좁은 엘리베이터 내부에 여자의 향수냄새 같은 것이 나는 것도 같았다.

내가 보기엔 그 건물이 애초 극장이나 미술학원을 위해서 지어진 것 같지는 않았다. 바닥의 패턴부터, 조명의 위치, 계단의 각도 같은 것들을 비롯해서 건물의 많은 부분들이 흔히 보는 익숙한 것들이 아니었다. 그 건물은 뭐랄까, 어떤 사람의 개인저택 같은 인상을 품고 있었다. 하지만 건물이 처음 들어서던 때의 용도를 기억하는 사람은 아무도 없었다.

무척이나 느린 엘리베이터는 4층까지만 올라갈 수 있었다. 4층은 바깥에서 보는 것보다 천장이 훨씬 더 높았을 뿐 아니라 넓이 또한 짐작을 웃돌았다. 4층에서 5층으로 가는 계단은 안과 바깥 두 군데에 있었다. 내부의 계단에는 온갖 박스들이 뒹굴고 있었다. 내가 회사를 그만둘 때까지도 그 통로는 늘 그렇게 지저분했다. 5층으로 가는 바깥계단 역시 특이하게 널찍해서 나는 그 계단의 난간에서 여유롭게 담배를 피우곤 했다.

3

회사는 내게 두 번째 직장이었다. 지방의 2년제 대학에서 그래픽 작업에 소용되는 컴퓨터 기술을 배웠고, 졸업 후엔 프리랜서로 일하는 선배 밑에서 꼬박 2년 동안 일을 거들며 푼돈을 받았다. 그러다 제대로 취업을 한 곳이 그 회사였다. 광고회사인지라 출퇴근시간이 비교적 자유로웠다. 오전 열한 시는 넘어야 대부분이 출근했고, 대신 자정 가까이 되어서야 퇴근들을 했다. 하긴 선배와 일을 할 때도 딱히 출퇴근 시간이란 게 없긴 했었다. 어쨌건 알량한 자유로움은 기꺼이 누릴 수 있었지만 조직에서의 일상이 주는 중압감이 나를 무척이나 피곤하게 하는 것임을 깨닫기까지는 그리 긴 시간이 필요치 않았다.

 회사의 일은 크게 두 가지였다. 하나는 광고주로부터 직접 발주를 받아 스스로 광고를 만드는 일이었고, 또 다른 하나는 대형 광고대행사로부터 컴퓨터그래픽 작업을 도급받아 말 그대로 '그림'만을 만드는 일이었다. 회사의 주된 일은 후자였다. 나는 그저 그림을 발주한 광고대행사 소속 아트디렉터의 지시를 받고 충실하게 이행하면 그만이었다. 때로는 파일로 전달된 광고카피들을 그림 위에다 배치하는 것까지가 나의 일이었다. 하지만 내 생각이 아닌 남의 생각을 눈에 보이는 것으로 옮겨내는 일은 녹록지 않았다. 작업을 하다 말고 나는 문득문득, 징그럽게 생긴 약을 어쩔 수 없이 삼키고 있는 듯한 기분에 휩싸이곤 했다. 때로 위로가 되는 건 이미지들을 변형하고 조작하면서 느끼는, 창조자의 조수가 된 것만 같은 쾌감이었다. 유명한 여자배우의 얼굴을 성형하고 세계적인 가수의 키를 키우는 사이 그럭

저럭 5년이 지났고, 회사가 규모를 넓혀 이전하는 대열에 나도 끼게 된 것이었다.

카피가 인쇄된 서너 장의 종이, 하얀 키들과 투명한 틀로 만들어진 키보드...... 타이핑을 시작하자마자 카피들은 모두 거짓말이 된다. 카피를 고친다. 하지만 머릿속에서 고쳐낼 뿐, 연주자가 악보를 확인하듯 카피의 문장부호에 주의를 기울일 뿐이다. 자음, 모음, 대문자, 소문자, 한 자, 한 자, 또박, 또박, 키를 누른다. 쉬프트 키를 누르고 기호를 친다. 마침내 종이에 인쇄된 문자들을 한 자도 빠짐없이 모니터 속으로 옮겨 넣는다. 다시 타이핑...... 그러다 나는 그만 피아노의 건반을 두드리고 있다는 착각에 빠져든다. 클라이맥스에 타건(打鍵)을 하듯 스페이스 바를 깊이 누른다. 상체가 리듬을 타고 멜로디의 흐름에 반응한다. 수십 개의 모니터와 수십 개의 컴퓨터들에서 뿜어 나오는 열기가 역겨워진다. 창을 열고 싶어진다. 하지만 그저 창을 쳐다볼 뿐이다. 한참을 그러고 있으면 모니터는 푸른 바다를 펼쳐 보인다. 나는 정말 피아노를 연주한 셈이 된다.

5층에는 사장의 방만 있었다. 회의실 하나 정도 있을 법했지만 널찍한 사장의 방이 전부였다. 그래서인지 5층에는 늘 아무도 없는 것처럼 느껴졌다. 그도 그럴 것이 사장은 회사에 머무는 날이 드물었다. 회사가 이전한 후 사장은 출근하는 날보다 그렇지 않은 날이 점점 늘어나고 있었다. 소문대로라면 한 보수정당의 아랫자락을 기웃거리는가 보았다. 대부분의 일처리는 사장의 오랜 친구인 김이사가 맡고 있었고 그런 까닭에 김이사만이 사장을 만나기 위해 종종 5층을 드나들었다. 다른 직원들이 5층을 드나들 일은 거의 없었다. 나 또한 담배를 피우기 위해 드나들던 바깥 계단에서 5층의 내부를 가끔 쳐다볼 뿐이었다.

　5층에 사장의 방 말고도 방 하나가 더 있다는 것을 알게 된 것은 회사가 이전한 지 한 달은 지나서였을 것이다. 그때는 그곳을 그저 잡다한 물건들을 넣어두는 창고쯤으로 생각했다. 문 때문이었다. 얼핏 보아도 건물의 전체적인 분위기와 어울리지 않는 문이었다. 그 문은 내부가 창고라 하더라도 참 보잘것이 없었다. 나무로 만들어진 조그만 여닫이문이었다. 빛바랜 페인트가 너덜너덜하고 장석은 전체가 녹이 슬어 버려진 쪽문처럼 못나 보였다. 내가 그 문을 열어볼 이유는 없었다.

 그 문을 열어본 것은 순전히 우연이었다. 초저녁이면 언덕 아래에서 훈풍이 불어오곤 했으니 이전한 지 서너 달 정도가 지난 초여름이었다. 체온이 느껴지는 그런 바람은 마음 깊은 곳까지 설레게 만들기 마련이어서 일거리가 잔뜩 쌓여있었지만 기분만은 썩 좋았던 기억이 난다. 아주 늦은 밤 나는 담배를 피우다 말고 그 바람을 느끼기 위해 5층까지 올라가 있었고, 그날따라 문득 그 방에 관심을 가지게 되었던 것이다. 내 관심이란, '저 쪽문은 뭐지?', '저 창고에는 뭐가 들어 있을까' 하는 정도였다. 굳게 잠겨있는 것처럼 보였던 그 문은 놀랍게도, 손잡이를 당기자마자 열려 버렸다.

4

 그곳은 누군가를 위한 연습실인지도 몰랐다. 퍼뜩 그런 생각이 스쳤다.

 피아노는 광목으로 덮여있었다. 먼지가 켜켜이 쌓여있긴 했지만 광목의 실루엣은 인상적이었고 나는 그것이 틀림없는 콘서트용 그랜드피아노임을 알아챘다.

피아노는 동쪽의 창을 등지고 있었는데 피아노와 창 사이에는 낡은 나무의자가 하나 놓여있었다. 거리의 가로등이 눅눅한 오렌지 빛으로 하얀 광목을 비추고 있었다. 나는 천천히, 그리고 조심스럽게 천을 벗겨냈다. 그것은 스타인웨이였다.

검게 빛났다. 자욱하게 먼지가 날렸지만 나는 그것이 스스럼없이 빛나고 있다는 것을 알 수 있었다. 무언지 알 수 없는 거대한 존재와 마주친 느낌이 들었다. 발이 움직여지지 않았다. 나는 떨고 있었을 것이다. 이상하게 들릴지 모르지만, 피아노가 빛나는 바람에 섣불리 손을 댈 수가 없었다. 나는 그만 털썩 주저앉아버렸다.

시간이 흘렀다. 얼마나 흘렀는지 어림잡을 수 없었다. 껌벅이던 가로등이 꺼져버렸고, 가로등 뒤로 낡은 네온사인들이 색 바랜 그림자를 만들어 내고 있었다. 나는 왠지 을씨년스러워 라이터를 켠 채 방을 둘러보았다. 라이터를 껐다 켜기를 몇 차례 반복하는 사이 사물들이 서서히 제 모습으로 눈에 들어왔다. 천장에는 전구를 떼어낸 흔적이 남아있었고 그 흔적 옆으로 전선 같은 것들이 흩뿌려져 있었다. 그곳은 제법 넓은 곳이었다. 콘서트용 피아노 한 대가 있고도 텅 빈 느낌이 들

정도였으니까.

　북쪽 벽에는 10호 크기의 유화 한 점이 액자도 없이 캔버스 그대로 걸려 있었다. 그림은 온통 흰색 물감으로 덮여 있었다. 추상화 같았지만 가까이 다가갔을 땐 함박눈이 내린 작은 마을을 볼 수 있었다. 마을의 집들은 눈에 덮여있고 오직 근경의 굴뚝 하나가 치솟아 있었다. 그 굴뚝이 작은 마을을 이국적인 느낌으로 만들어 내고 있었다.

　동쪽의 창은 그 방의 유일한 창이었다. 오래된 교회에나 있을 법한 모양새를 지닌 쇠로 만든 아주 작은 창이었다. 그 창의 창틀 역시 그 방의 문에 달린 장석처럼 심하게 녹이 슬어 손이 닿기만 해도 시큼한 느낌이 들었다. 얇긴 했지만 유리는 멀쩡했다. 손잡이를 젖혀서 밀어 올렸더니 훈훈한 바람이 흘러 들어왔다. 틀에서 벗겨진 페인트 조각이 툭 툭 떨어졌다. 창밖 아래로 쓰레기 더미가 쌓인 좁은 골목이 내려다보였다.

　나는 창문을 고정시킨 후 가만히 선 채 피아노를 쳐다보았다. 피아노의 갑작스러운 출현에 대해 곱씹어보려 했지만 그것은 쉽지 않았다. 피아노는, 다만 아름다웠다. 나는 피아노로 다가가 건반덮개를 열어 보려 했다. 하지만 손을 대는 순간, 그 경외감이란...... 무언가 내 머리부터, 어깨를, 팔을, 손목을, 손가락의 끝을 짓누르는 것만 같은 감정에 사로잡혔다. 나는 그 방을 나오고 말았다.

이튿날 이른 아침, 그 방에는 작은 창으로 들어온 햇살이 피아노의 번쩍이는 검은 빛에 휘둘려 사방으로 흩어지고 있었다. 나는 찬찬히 피아노를 살펴보았다. 피아노는 꽤 오랫동안 방치된 듯했다. 곰팡이 같은 것들이 피아노의 다리며 발에 쓸어있었다. 하지만 1950년대에 생산된 피아노치고는 번듯한 편이었다. 피아노의 명판에는 모델명이 선명했다. CD318이었다. 문득 글렌 굴드의 피아노가 떠올랐다. 하지만 굴드의 318은 -제작번호가 174번이었던 그 318은- 1957년, 연주회를 마치고 돌아오던 중 트럭에서 떨어져 망가져버렸다는 사실이 겹쳐 떠올랐다.

나는 준비해 간 수건으로 피아노의 건반덮개를 닦았다. 그리고 살며시 덮개를 들어 올렸다. 여든여덟 개의 건반이 눈앞에 펼쳐졌다. 건반은 티 없이 깨끗했다. 조심스럽게 건반 하나를 오른쪽 엄지로 눌러보았다. C음이 높은 천장을 돌아 넓은 방을 휘감았다.

내친김에 나는 나무의자에 앉았다. 의자는 삐걱대고 있었다. 나는 평균율(The Well-tempered Clavier) 1권의 첫 프렐류드를 치기 시작했다. 음계가 삐걱대고 있었다. 엉망이었다. 피아노는 조율이 안 되어 있었고, 내 손가락들은 너무나 굳어버려서 음에 맞는 건반을 누르지 못했다. 그럼에도 불구하고 나는 내 손의 기억을 빌어, 막 배우기 시작한 걸음마처럼 한 음씩 내디디며 평균율의 제1곡을 푸가(Fuga)까지 연주하고 말았다. 아름다운 소리였지만 스타인웨이답지 않은 무거운 음색이었다. 나는 다시 스카를라티의 짧은 소나타를 연주해 보았다. 스타인웨이는 조금씩 무거움을 덜어내며 빛나는 소리로 바뀌어갔다. 아침 해가 구름에 가린 것인지 온 방안이 석양처럼 붉어졌다. 보면대에 비친 태양이 눈에 부실 듯 말 듯 시야를 괴롭히는 바람에 나는 그만 눈을 감아버렸다.

나는 그제야 그 스타인웨이의 건반이 마치 굴드의 318처럼 아주 가볍게 세팅되어 있다는 것을 분명하게 알 수 있었다. 나는 굴드처럼 어깨를 구부리고 팔은 들어 올린 채 건반을 두드려 보았다. 황홀했다. 손가락 끝이 닿자마자 건반은 가볍게 해머를 움직였고 해머는 현을 내려쳤다. 연주를 할수록 피아노의 기계적인 부분들이 점점 부드러워졌다. 페달도 문제없었다. 현 하나가 끊어져 있었지만 그다지 대수롭지 않았다. 그 방은 왠지 슈만과 잘 어울릴 것처럼 보였지만, 나는 다시 바흐를 연주하기 시작했다.

5

내 눈이 악보를 읽으면 음의 가치가 머릿속으로 들어간다. 뇌는 다시 내 양손으로 음가를 옮겨낸다. 낮은 성부와 높은 성부, 내 두 손은 명징한 소리를 기도하며 건반을 누른다. 해머가 현을 때린다. 현의 떨림은 공기에 파장을 일으킨다. 아름다운 주파수들이 내 귀를 통해 다시 머릿속으로 들어간다. 그것은 다시 나의 몸과 마음을 자극한다. 내 마음과 내 머리와 내 손들은 서로를 잘 알고 있다. 공기 속으로 음들은 자유롭게 순회하고 있다. 순회하는 음들은 모두 내 것이다.

그해 여름, 나는 해가 뜰 무렵부터 직원들이 출근하기 시작하는 열 시 무렵까지 그 방에 있곤 했다. 가끔은 늦은 밤도 좋았다. 하루는 콘서트 무대에 선 양 용기를 내어 피아노 몸체의 덮개를 열고 연주를 해 보았다. 페달을 밟고 코드를 누르는 순간 아주 큰 소리가 났지만 극장의 전력(前歷)으로 어느 정도 방음이 되고 있었던 탓이었을까, 그 방의 문을 두드리거나 열어보는 사람은 아무도 없었다.

한 번의 우스꽝스러운 예외가 있긴 했다. 그 예외란, 늦은 밤 기획팀의 대리 하나가 여자 부장의 가슴을 움켜쥔 채 그 방의 문을 밀치며 뛰어든 일이었다. 어둡지 않았다면 그들은 바로 나를 알아보았을 것이다. 하지만 길거리의 네온 조명만 비치고 있던 그 방에서 그들은 서로의 몸을 만져가며 쉬지 않고 입맞춤을 나눌 뿐이었다. 의자에 앉아있던 나는 담배를 피워 물었다. 라이터를 켜는 소리에 놀란 그들은 커다래진 눈으로 나를 돌아보았다. 그런 다음, 그들은 아무 말 없이 취한 발걸음을 돌려 방을 나가고 말았다.

그 여름의 막바지 온 세상이 더위에 휩싸인 어느 날 '행복해진 나를 발견했다'라고 일기장에 써넣었다. 스타인웨이라는 값비싸고 아름다운 소리를 내는 피아노 때문만은 아니었을 것이다. 그 방에 들어서면 마치

수백 명의 관객이 들어찬 명성 높은 콘서트홀의 무대에 올라선 것만 같았다. 가끔 스타인웨이와 나란히 무대 위에 서서 청중의 표정을 여유롭게 돌아보는 나를 상상하곤 했다. 연주는 점차 완전하게 진행되었다. 바흐를 연주하고 나면 청중은 어김없이 브라보를 외쳐댔다. 커튼콜을 받은 나는, 골드베르크변주곡(Goldberg Variations)의 아리아를 한 음, 또 한 음 느릿느릿 정성 들여 연주하곤 했다. 그런 상상 속에서 나는 그 시절을 다시 되새기게 되었다. 나의 어린 피아니스트시절 말이다.

6

나는 아주 어린 나이에 피아노를 시작했고 비교적 어린 나이에 그만두었다. 나는 천재적인 피아니스트는 아니었다. 연습에 매진하는 쪽이었다. 적지 않은 시간을 투자한 연습 덕분인지 누구에게나 칭찬을 들었고 언론에도 오르내렸다. 그만둘 무렵에는 국내 최고의 선생으로부터 레슨을 받으며 유학을 앞두고 있었다. 국내에 한정되긴 했지만 크고 작은 몇 개의 콩쿠르에서 우승해 피아노 신동으로 불리기도 했다. 성공에 대한 확신 같은 것은 필요 없었다. 나는 콩쿠르에 참여했던 다른 신동들과 달리 점점 더 피아노가 좋아지고 있었다.

나를 피아니스트로 만든 건 아버지의 레코드들이었다. 내가 피아노를 그만두기 직전까지도 아버지는 퇴근길에 중고레코드를 한 아름 사 오시곤 했다. 그 이름도 찬란한 아르투르 베네디티 미켈란젤리, 블라디미르 호로비츠, 에밀 길렐스, 클라라 하스킬, 스비아토슬라프 리히테르, 글렌 굴드…… 모두 빛나는 연주를 들려주었지만 내가 여러 번 반복해서 들은 레코드는 대부분 굴드의 것들이었다. 유학이 결정되던 날엔, 어쩌면 굴드를 직접 만날 수도 있다는 생각에 잠을 설치기도 했다. 내가 굴드를 특히 좋아했던 건 아주 어릴 적 들었던 그의 연주를 어렴풋이 기억하고 있어서인지도 몰랐다.

내가 막 피아노를 배우기 시작할 무렵, 아버지는 이따금 서재의 책상머리에 놓인 카세트레코더로 음악을 들으셨다. 헨리 맨시니나 폴 모리아가 지휘하는 관현악곡들이 많았을 테지만, 한잔 하시는 날엔 어김없이 빛나는 피아노소리가 흘러나왔다. 나중에야 알았지만 굴드와 스타인웨이가 빚어내는 소리였다. 그때 이미 굴드만의 독특한 스타카토의 묘미에 익숙해져 버린 건지도 몰랐다. 아버지는 골드베르크변주곡의 스물다섯 번째 변주를 예닐곱 번씩 반복해서 듣곤 하셨다. 그 멜로디를 어찌 잊을 수 있을까.

아버지는 갑자기 돌아가셨다. 클리셰처럼 아버지가 돌아가신 지 불과 며칠이 지나지 않은 어느 날, 내 방에 놓인 피아노와 거실에 있던 오디오에 빨간딱지가 붙었다. 나는 집밖으로 나가고 싶었지만 그날은 레슨이 없는 날이었다. 하지만 그다음 날에도 나는 레슨을 받으러 가지 않았다. 레슨을 해주던 선생에게서도 아무런 연락이 없었다. 피아노가 없는 집은 좀 어색했지만 내가 갈 곳은 아무 데도 없었다. 쫓기듯 이삿짐을 싸기 전까지 나는 어두운 방에 틀어박혀 나뒹구는 악보들을 넘겨볼 수 있을 뿐이었다.

아버지가 돌아가신 후 피아노를 포기해야 했던 것은 물론이었고, 한동안 그 누구의 연주든 모든 피아노소리를 받아들일 수 없었다. 아니, 견딜 수가 없었다. 골목 어귀에서 흘러나오는 서투른 솜씨의 피아노소리를 듣는 것조차 힘겨운 때가 있었다. 피아노소리를 다시 들을 수 있게 된 건 스무 살이 넘어서였다. 지방의

학교에서 서울로 돌아오는 통학버스에서였다. 나이 지긋한 운전기사가 슈만을 들려주었다. 나는 눈시울을 붉히며 버스에서 마지막 학생이 내릴 때까지 미켈란젤리의 피아노소리를 들었다. 미켈란젤리의 팬이었을까, 다음날에도 그다음 날에도 기사는 미켈란젤리의 슈만과 드뷔시를 들려주었다. 며칠 뒤 나는 휴대용 CD플레이어와 굴드의 골드베르크변주곡 CD를 살 수 있었다. 아버지가 돌아가신 후 스무 살 남짓까지의 내게, 음악은 보이지 않는 뼈를 가진 물 같은 것이었다.

7

스타인웨이가 사라졌다. 감쪽같이 사라져 버렸다. 월요일 아침이었다. 악보를 가득 안고서 그 방의 문을 열었을 때 스타인웨이는 없었다. 스타인웨이가 있던 자리에는 처음부터 아무것도 없었던 것처럼 먼지가 깔려 있었다. 일요일 아침 나는 그 방에서 바흐의 푸가들을 연주했고, 오후에는 집 근처 한 신학대학의 구내에 있는 음악전문서점에서 바흐의 악보들을 골랐다. 다시 그 방으로 돌아가고 싶었지만 왠지 모르게 그냥 집으로 가

버렸던 것이다. 스타인웨이가 사라졌다. 그것도 하룻밤 사이에.

나는 그다지 놀라지 않았다. 이상하게도 그랬다. 오히려 그 크고 무거운 피아노를 어떻게 가져갔을까 하는 의문부터 들었다. 꿈에서 봤던 곳을 꿈에서 깨어나 다시 둘러보는 것만 같았다. 피아노는 어떻게 그 방을 들고 날 수 있었을까? 그 방의 출입문은 터무니없이 작았고 창 또한 아주 작았다. 피아노를 발견했을 땐 그런 의문조차 들지 않았던 것도 이상했다. 그건 풀리지 않는 수수께끼였다. 글렌 굴드와 그의 조율사가 분해를 해서 들고난 건 아닐까 하는 말도 안 되는 짐작을 해보기도 했지만 말이다.

그때 내가 그 이상한 사건에 대해서 얼마간의 여유가 있었던 건, 왠지 모르게 피아노가 그 방으로 다시 돌아올 것만 같은 희망부터 품었기 때문이었는지도 모르겠다. 나는 그로부터 며칠 동안을 줄곧 굴드가 연주한 레코드들을 들었다. 어찌 됐든 스타인웨이를 계속 즐기게 된 것이었다. 하지만 5층의 그 스타인웨이가 그리운 것은 당연했다.

피아노가 사라진 후 그 방에서는 아무런 일도 일어

나지 않았다. 피아노가 제자리로 돌아오지 않은 것은 물론, 누군가 사라진 피아노에 대해 말을 꺼낸다든가 하는 일도 일어나지 않았다. 피아노는 내 머릿속에서만 존재하는 것 같았다. 나는 그저 아침저녁, 그리고 시시때때로 그 방을 찾아 피아노의 부재를 확인할 수 있을 뿐이었다. 나는 초조해지기 시작했다.

피아노가 사라지고 일주일이 지났을 무렵, 건물의 관리인과 1층 화방의 주인을 만날 수 있었지만 그들은 피아노에 대해 아무것도 알지 못했다. 또 그동안 피아노를 치워버리진 않을까 하는 조바심 때문에 혼자서만 간직했던 피아노의 존재를 김이사에게 털어놓았다. 하지만 실망스럽게도 그는 5층에 방이 하나 더 있다는 사실조차 제대로 기억하지 못했다.

"5층에 방이 하나 더 있었어? ...아, 그 창고? 난 안 들어가 봤는데? 거기 뭐가 있었다고?"

8

굴드의 예민함에 비견될 만한, 그의 연주에 대한 청중들의 집요하리만큼 민감한 반응은 그가 피아니스트로 활동한 모든 기간 지속되었다. 토론토 외곽 작은 마을의 눈 덮인 작은 집을 떠나 그만의 피아니즘을 세상에 처음으로 내보였을 때는 물론이고, 피아니스트로서의 명예가 자신이 살던 도시의 명성을 넘어섰을 때, 또 노년에 CBS의 스튜디오로 돌아와 골드베르크변주곡을 다시 레코딩해 추억의 스펙트럼을 진일보시켰을 때에도 사람들은 변함없이 그의 피아니즘에 긴 박수를 보냈다. 게다가 광적인 부류의 팬들은 그의 연주가 끝나기도 전에 벌써 그의 연주를 목말라하기도 했다.

굴드는 두 번의 은퇴를 했다. 첫 번째 은퇴는 콘서트무대에서의 은퇴였다. 굴드는 단호하게 콘서트 무대를 버렸다. 그것은, 청중의 열렬한 호응에 일곱 번의 커튼콜을 받고서도 더 이상의 연주는 정중하게 거절하고야 마는 그의 완고한 제스처와 비슷했다. 굴드의 두 번째 은퇴는 북아메리카에 백 년 만의 추위가 올 것이라 떠들어대던 해의 어느 가을날에 이루어졌다. 그것은 콘서트를 그만두는 것에 이어 레코딩마저 그만두는 죽음으로써의 은퇴였다. 완전한 은퇴였을까? 그것은 실패였다. 그의 죽음은 그의 명성을 북미와 유럽을 넘어 남미와 아시아, 그리고 아프리카에까지 알린 계기가 되었을 뿐이었다. 그때 스타인웨이의 명성도 함께 바다와 산맥을 넘었다.

요컨대 글렌 허버트 굴드(Glenn Herbert Gould)는 1932년 9월 25일 태어나, 1982년 북아메리카의 역사적 추위로 기록된 겨울이 닥쳐오기 전인 10월 4일 세상을 떠났다.

9

미친 듯 두드리다가 다시 흐느끼듯 흘러내리는 내 두 손과, 그 손들을 제어하는 내 이성을 통해 난 그 누구도 이해할 수 없는 내 삶을 드러낸다. 그것이 성공했다고 믿는 순간 내 눈앞에는 삶의 의미가 어른거린다. 나, 나의 손, 피아노 건반, 피아노 줄, 소리, 그리고 동향의 공간. 방의 모든 사물은 시간을 틈타 서로를 탐하고 있다. 아! 그런데 나와 세계의 매개가 사라졌다. 내가 표현되는 방식은 상상으로 그칠지라도 얼마나 즐거운 것인지……

내가 기도했던 연주는 처음부터 불가능한 것인지도 몰랐다. 그저 나는 나를 둘러싼 일상 속에 머물러 있었으면 될 뿐이었을지도 몰랐다. 어디를 둘러봐도 구원 따위는 없다는 것을 나는 오래전부터 알고 있었다. 내 삶의 손에 잡히는 형체, 다만 그것을 확인하고 싶어서였을까? 내게 분명했던 것은 오직, 내가 사는 방식이 점점 더 내게 익숙하게 진화되고 있다는 사실이었다. 그런 의미에서 보자면 피아노가 사라졌다는 것, 그것이 반드시 불운한 것은 아니었다. 나빠진 것은 없었다. 나는 감상적인 고민에 빠진 것만 같았다.

며칠간의 짧은 휴가를 내고 좁은 내 아파트로 돌아왔지만 재미없는 TV의 채널을 이리저리 돌려보거나 이불을 뒤집어쓰는 것 외에는 할 수 있는 게 없었다. 여전히 회사로 달려가 스타인웨이의 부재를 다시 확인하고 싶은 욕구가 심심치 않게 찾아들었을 뿐이었다. 휴가를 하루 남겨 둔 날 정오쯤, 끈질긴 전화벨이 울리기 전까지 말이다. 옛 여자 친구였다. 수화기를 든 나는 그 길로 그녀와 길고 긴 잡담에 빠져들었다.

10

나는 가끔 기중기로 굴드의 피아노를 들어 올려 비

행기의 조종석에 집어넣는 장면을 상상한다. 검은색 스타인웨이가 삐걱대는 목조 기중기에 매달리면, 머리가 뭉툭한 거대한 여객기는 전투기인양 조종석의 덮개를 열어젖힌다. 인간의 뇌에 손톱만 한 다이아몬드를 박아 넣듯, 기중기는 여객기의 머리에 스타인웨이를 안착시킨다.

아버지의 서재에는 글렌 굴드의 사진이 걸려있었다. 그것은 내가 본 그의 사진 가운데 가장 인상적인 것이었다. 굴드는 하얀 눈밭에 서 있었다. 그것뿐이었다. 그것뿐이었지만 그 사진을 보고 있으면 굴드 뒤로 보이는 광활한 눈밭에 눈이 빨간 토끼들이 뛰어다니는 장면이 눈에 그려지곤 했다. 굴드는 사진처럼 충분히 고독했다. 그래서 슬펐다. 하지만 모차르트가 서른다섯 해 동안 지녔던 그런 슬픔과는 달랐다. 하기는 굴드가 연주한 모차르트는 늘 악평에 시달렸다. 평론가들은 굴드만의 곡 해석과 타건이 오직 바흐에 적합하다는 결론을 내렸다. 사실을 말하자면, 굴드는 모차르트식의 슬픔과 대면할 필요가 없었다. 굴드 또한 모차르트처럼 음표 뒤로 무엇인가를 감추었지만 그것은 슬픔을 넘어서는 다른 성질의 무엇이었다고 나는 생각한다.

굴드는 골드베르크변주곡을 제외하고는 같은 곡을 두 번 이상 레코딩하지 않았다. 굴드는 그런 식으로 연주를 하는 자신의 개성을 깊이 존중했다. 그와 더불어 자신의 연주를 표현해 주는 스타인웨이의 개성 또한 존중했다. 나아가 두 개의 중첩된 개성을 받아들이는 청중의 개성까지도 굴드는 존중했다. 그리고 굴드는, 자신 역시 한 명의 청중이었으므로 세상에 하나밖에 없는 자신의 연주를 사랑했다. 그에게 있어 연주는 자신이 살아가는 삶 자체였고, 그 소리를 만드는 과정은 자신이 살아가는 과정과 다르지 않았다. 그것은 적어도 굴드의 삶에 있어 가장 중요하고 의미 있는 방식 가운데 하나임에 분명했다. 말하자면 그의 예술은 그의 삶에 불과했다.

11

피아노가 사라지고 해가 바뀌어 다시 초여름이 되었을 무렵, 나는 회사 근처 오피스텔에 방을 얻어 출퇴근을 하고 있었다. 내 방 안에는 풀지 못한 이삿짐이 박스채로 가득했는데 그 속에 악보 따위는 없었다. 악보들을 어디에다 둔 건지 기억도 잘 나지 않았다.

　해가 무척이나 드셌던 그즈음의 어느 날 아침, 나는 우연히 그리고 오랜만에 5층의 그 방 앞을 지나게 되었다. 무심코 걸음을 옮기던 나는 그 방의 문이 열려있는 것을 보았고 누군가 그 방 안에 있다는 것을 알아차렸다. 무척이나 놀랐지만 걸음을 돌려 문 앞으로 다가간 나는, 스타인웨이가 있던 그 자리에 머리가 벗어진 한 노인이 서 있는 것을 보게 되었다. 그는 너무나도 늙어버려 겨우 얼굴을 알아 볼만한 글렌 굴드였다.

차의 뒷좌석에 탄 아들이 음악을 틀어두었습니다. 스마트폰에서 흘러나오는 그 노래들이 하나같이 다 마음에 들었어요. 그래서 누구의 음악인지 물어보았죠.

그리고 몇날 후 거리에 서서 그 음악을 잠시 들어보았습니다. 거리의 담벼락에는 햇살이, 길지도 짧지도 않은 그림자를 드리우고 있었는데요, 그때 생각했습니다.

리듬과 멜로디를 듣는 것만으로도 인생은 살아갈만한 가치가 있다고.

이 책에 묶은 것은 오래된 소설들이지만 이로써 소설쓰기를 다시 시작할 수 있게 되었습니다. 프랭크 오션(Frank Ocean)의 앨범 블론드(Blonde)와도 같은 소설을 쓸 것입니다.

음악은 듣거나 읽거나 늘 현재형입니다.

작은 정원에서
현진현.

작은정원 작은 문학선 : 품고 다니는 문학

세상에는 작아서 소중한 것들이 있습니다. 작은정원 '작은 문학선'은 작지만 아름답고, 작아서 소중한 문학을 모아갑니다.

음악단편

읽는 음악, 여섯 편의 리듬과 멜로디

발행일   2025년 7월 8일
지은이   현진현
펴낸이   김정경
편 집   김정경
표지디자인   박상호
펴낸곳   작은정원 (제 385-2020-000035호)
전 화   010-3501-7775
이메일   oldmarx@gmail.com

ⓒ 현진현 2025
ISBN 979-11-992481-1-3 03810

본 책 내용의 전부 또는 일부를 재사용하려면
반드시 저작권자의 동의를 받으셔야 합니다.